WUNDERLICH

D1863206

DIE AUTORIN: Annette Döbrich ist Buchhändlerin und Pfarrfrau. Für die ersten Kapitel des vorliegenden Romans wurde sie mit dem Literaturförderpreis der Stadt München ausgezeichnet.
Weiterhin liegen vor: «Abendfrieden» (rororo Nr. 43261) und «Das Ritual des Schweigens» (rororo Nr. 43329).

Annette Döbrich

Am Abgrund der Träume

Roman

WUNDERLICH
TASCHENBUCH

Neuausgabe Januar 2001
Veröffentlicht im Rowohlt Taschenbuch Verlag GmbH,
Reinbek bei Hamburg, Dezember 1995
Copyright © 1995 by Rowohlt Taschenbuch Verlag GmbH,
Reinbek bei Hamburg
Umschlaggestaltung Barbara Hanke
(Foto: Fred Dott)
Satz Garamond (Linotronic 500)
Gesamtherstellung Clausen & Bosse, Leck
Printed in Germany
ISBN 3 499 26300 9

Für Wolfgang

Und wir: Zuschauer, immer, überall,
dem allen zugewandt und nie hinaus!
Uns überfüllts. Wir ordnens. Es zerfällt.
Wir ordnens wieder und zerfallen selbst.

R. M. Rilke, Die achte Elegie

I

Im entscheidenden Moment, kurz vor Eintritt des Todes, so habe ich einmal gelesen, rollt das ganze Leben, von der Geburt bis zu diesem Augenblick, gleich einem Film in rasender Geschwindigkeit vor dem inneren Auge ab.

Nur, und das wundert mich, daß dies normalerweise dem Betroffenen selber geschieht, dem also, der an der Schwelle vom Leben zum Tod steht, und nicht mir, die ich doch höchstens in Gedanken mit dem Tod spiele und da nicht einmal mit meinem eigenen.

Nun, das ganze Leben war es ja strenggenommen auch nicht, das ich vor meinem inneren Auge vorüberziehen sah, sondern nur die letzten fünf Jahre, doch die machten mein Leben im wesentlichen aus. Und wenn ich diese letzten fünf Jahre in Betracht ziehe, dann wundern mich solche kleinen Abweichungen von der Norm gar nicht mehr, denn alles, einfach alles war in diesen Jahren in meinem Leben anders, weil Siegwart anders ist, weil ich anders bin und weil wir uns verhängnisvollerweise begegnet sind.

Normale Paare ziehen zusammen, weil sie sich lieben, die Miete teilen wollen oder aus sonst einem guten Grund. Wir taten uns zusammen, weil wir uns haßten.

Normale Paare bauen sich eine gemeinsame Zukunft auf und unterstützen sich gegenseitig, wir hemmten und behinderten uns, wo wir nur konnten.

Normale Paare verbringen ihre Freizeit gemeinsam und haben viel Spaß miteinander. Unsere Hobbys sind so weit voneinander entfernt wie Berg und Tal, und zwischen uns liegt ein unüberwindlicher Abgrund, angefüllt von Ekel, Haß und Neid. Es gibt auf dieser Welt nur einen Menschen, dem ich besser nie begegnet wäre, und das ist Onkel Siegwart, mein Lebensgefährte. Den

Beinamen Onkel bekam er übrigens von meinen damaligen Freunden, denn Siegwart war 20 Jahre älter als ich und hatte in seinem Wesen etwas so hartnäckig Oberlehrerhaftes, daß beinahe jede Äußerung von ihm mit einer strengen Zurechtweisung endete.

Mit Sicherheit hätte ich mich schon längst von ihm gelöst, wenn da nicht tief in mir dieses eigenartige Kribbeln gewesen wäre, das ich in extremen Situationen spürte. Diese verhängnisvolle Lust an demütigenden Zuständen, diese Gier, Abscheu zu empfinden. Ein Kribbeln, das langsam begann und sich dann allmählich steigerte bis zu einem fast unerträglichen Zittern meines ganzen Körpers, um sich danach in einem Gefühl tiefer Entspannung zu lösen.

Ohne dies alles hätte ich Siegwart spätestens vor vier Jahren zum Teufel gejagt, als er unvermittelt abends um zehn Uhr vor meiner Wohnungstür stand und sagte:

«Räum deine Sachen aus dem Balkonzimmer, jetzt ziehe ich hier ein!»

Keine Bitte, keine Begründung, kein Bekenntnis seiner Zuneigung zu mir kam über seine Lippen, sondern ein Befehl.

Ich nickte, räumte hastig meine Sachen aus dem Raum und belegte das hintere, nach Norden gelegene Zimmer. Ich konnte nicht anders.

Seitdem verging kein Tag in unserem Zusammenleben, an dem ich nicht mindestens einmal an Mord dachte.

Nicht im Ernst natürlich, nur in meiner Phantasie. Ich ersann eine Möglichkeit, dieses bewußte Kribbeln, das ich in mir eher zufällig entdeckt hatte, jederzeit, sozusagen nach Lust und Laune herbeizuführen.

Das nannte ich mein «Was-wäre-wenn-Spiel». Und während dieses Spiel in den ersten Wochen und Monaten eine eher therapeutische Wirkung hatte, so wurde ich im Laufe der Zeit unmerklich davon abhängig, ich wurde zur Spielerin.

Erst heute morgen zum Beispiel, kurz vor dem Aufbruch zu einer gemeinsamen Bergwanderung auf den Heimgarten, habe ich es mit großem Lustgewinn durchgespielt.

Ich hasse die Berge. Laufen, vor allem bergauf und immer im Windschatten des schwitzenden und schnaufenden Onkel Siegwart, ist mir ein Greuel. Und zwar so sehr, daß ich es schon fast wieder genießen kann, etwas ganz extrem gegen die eigenen Bedürfnisse zu tun.

Und genau das war der Grund, daß ich Bergstiefel, Rucksäcke, Tee und Proviant zusammenpackte, die entsprechende Karte aus dem Regal zog und alles für den Aufbruch bereitlegte.

Der erste scharfe Ruf Siegwarts durch den Flur:

«Verflucht, wo ist denn mein Fahrtenmesser»,

löste in mir nur das ganz gewöhnliche Erschrecken aus: Gänsehaut auf dem Rücken, zitternde Knie, starkes Pochen in den Schläfen.

Das war schon recht gut, aber doch erst die Ouvertüre zur großen Oper.

Ich wollte mehr.

Beim zweiten Schrei ähnlicher Qualität, nur etwas verschärft in der Ausdrucksweise, hielt ich das Messer in der Hand und überlegte für den Bruchteil einer Sekunde, ob ich es in den Mülleimer werfen sollte, um so sein tierisches Gebrüll in einen Tobsuchtsanfall eskalieren zu lassen, entschied mich aber dann doch für mein «Was-wäre-wenn-Spiel».

Was wäre, Siegwart, wenn ich dir dein Messer von vorn in den Bauch rammen würde? Zuerst brauchte es etwas Kraft, um durch den Pullover, das Hemd und die Haut zu dringen. Der Hirschhorngriff würde zurückfedern, doch wenn ich beharrlich drückte, ginge es bald leichter. Die Fettschicht und das Muskelgewebe böten wenig Widerstand. Tiefer käme ich wohl nicht. Die Schneide ist höchstens zehn bis zwölf Zentimeter lang. Wenn ich das Messer wieder herauszöge, würde dunkles Blut durch Hemd und Pullover sickern und in dicken Tropfen auf den hellgrauen Steinfußboden in der Küche fallen. Du würdest langsam in die Knie gehen, Siegwart, und zwar vor mir.

Die Vorstellung, daß deine farblosen Schweinsäuglein erst ungläubig glotzen und dann glasig werden und daß deine Hände mit den viel zu kurzen Stummelfingern nie mehr an mir herumfummeln könnten, diese Vorstellung gab mir die Kraft, dir das gesuchte Messer mit einem leisen

«Entschuldige, Siegwart, hier ist es, es lag in der Küchenschublade» zu reichen.

Was wäre, wenn ich dieses herrliche Spiel nicht hätte?

Wie oft hat mir die Flucht in meine Phantasie die Wirklichkeit erträglich gemacht. Ja, eigentlich nicht nur erträglich, sondern dank meiner heimlichen Leidenschaft sogar ausgesprochen lebenswert.

Mein Leben war keineswegs passiv, unterdrückt oder menschenunwürdig, wie mir meine Freunde immer wieder einzureden versuchten. Das sah nur auf den ersten Blick so aus.

Im Gegenteil, an Onkels Seite lebte es sich ungeheuer aufregend. Jede Äußerung, jede Gefühlsregung, ja sogar jede Bewegung von ihm lernte ich im Laufe der Jahre dramaturgisch zu gestalten. Selbst wenn er raste vor Wut, Geschirr zerschlug und mit Blumentöpfen nach mir warf, er tat es nie, ohne daß ich das vorher inszeniert hätte. Und ich entschied, ob er einen cholerischen Anfall mit dem Risiko einer Herzattacke bekommen sollte oder ob ich rechtzeitig demütig einlenkte, um ihn noch ein bißchen länger bei guter Gesundheit zu halten. Nicht um seinetwillen, nein, wirklich nicht, sondern einzig und allein, weil ich ihn für mein Spiel noch brauchte.

Ich atmete tief durch und versuchte, etwas Klarheit in die Bilder und Gedanken zu bringen, die mir nun durch den Kopf schossen. War es jetzt soweit? In diesem Moment, mitten auf dem schmalen Grat zwischen Herzogstand und Heimgarten, hatte ich es in der Hand, meine letzten hoffnungslos verfahrenen Jahre, die sich mir noch einmal so deutlich vergegenwärtigten, Erinnerung werden zu lassen. Den gelebten Alptraum umzuwandeln in erinnertes Leid.

Da war es wieder, dieses Kribbeln in den Fingerspitzen und das dumpfe Rauschen im Hinterkopf. Es war da wie schon so viele

Male vorher und doch anders, heftiger, intensiver, fordernder. Mir war, als entwickele dieses Gefühl eine Art Eigenleben, stand nicht mehr hinter mir, war nicht mehr mir zu Willen, sondern zog mich, trieb mich voran, drängte mich nun, etwas zu tun, was sich aus dieser Situation wie von selbst ergab. Ich spürte es so deutlich wie noch nie. Es war soweit. Nicht mehr ich hatte Macht über es, sondern es über mich. Sicher, Siegwart war genaugenommen nie mehr gewesen als meine Marionette, aber jetzt wurde dies ganz offensichtlich.

Da hing er nun, auf einem feuchten Felsstück ausgeglitten, buchstäblich an einem Seil, hundert Meter über dem Abgrund und überhäufte mich mit einer Flut von Schimpfworten.

Alles, was ich tat, war verkehrt. Ich sicherte ihn nicht vorschriftsmäßig ab und warf ihm vor allem nicht das zweite Seil zu, mit dessen Hilfe er sich nach oben ziehen wollte.

Jetzt also, wo Siegwart wie ein Sack zwischen Himmel und Erde hing, bot sich mir die Gelegenheit, all dem ein Ende zu machen. Siegwart hatte ausgedient, und mit jedem Schimpfwort, das er von sich gab, wurde seine Überlebenschance geringer.

Was für ein jämmerlicher Narr, selbst in seinen letzten Minuten schätzte er die Situation falsch ein, meinte, noch handeln zu können.

So unmittelbar abhängig er nun von meinem Willen war, so weit war er innerlich von dieser Einsicht entfernt. Nicht einmal seine eigenen Todesvisionen hatte er, sondern ich hatte solche für ihn, so wie ich immer für ihn gehandelt habe. Oder sollten es doch meine Todesvisionen sein?

Da war es also wieder, dieses wundervolle, faszinierende Kribbeln. Es wurde stärker und stärker, zog von den Haarwurzeln über den Hinterkopf, den Nacken, die Wirbelsäule bis in die Zehen. Es nahm Besitz von mir.

«Ich tu's», sagte ich, «ich tu's!»

Wir waren allein auf dem Grat, weder vor noch hinter uns waren andere Wanderer unterwegs. Das milde Licht der

Abenddämmerung ließ den Gipfelaufbau des Heimgartens weicher erscheinen als sonst.

Es ist Abend geworden, hier und in unserem Leben.

Ein leichter Wind kam auf, und ich beobachtete, wie Siegwart, im Seil hängend, sich um 180 Grad drehte. Er hing nun mir mit dem Rücken zugewandt und blickte talwärts. Das war gut so.

Jetzt, wo seine Zeit gekommen war, sollte er ein für allemal kapieren, daß er eine Figur ist in meinem Stück, weiter nichts.

Ganz langsam und vorsichtig sicherte ich das Seil, an dessen Ende er hing, indem ich es mehrmals um eine hervorspringende Felskante legte und verknotete. Das Seil war von ausgezeichneter Qualität, viermal gedrehte und gewachste Kunstfaser. Damals, als sich Siegwart in einem Sportgeschäft für die beste Qualität entschied, schien es mir als überflüssige Ausgabe. Jetzt würde es sich bewähren. Dieses Seil hielt ihn, wenn es sein mußte, bis in alle Ewigkeit.

Das zweite Seil, das seine Rettung gewesen wäre, löste ich, rollte es ordentlich über Hand und Ellenbogen auf und warf es in hohem Bogen über den Felsen in den Abgrund.

Den Aufprall nicht abwartend, sprang ich mit angehaltenem Atem hinterher, vorbei an Siegwarts ungläubigem Blick, seine gewohnten Kommandos

«Halt!», «Komm sofort zurück!»

kaum wahrnehmend und nichts mehr empfindend als den Rausch des Fallens und dieses ungeheure Kribbeln, das meinen Körper wellenartig durchzog.

«Was wäre wenn...» war mein letzter Gedanke, doch dann korrigierte ich mich schnell, denn nie mehr wäre jetzt irgend etwas für mich. Von diesem Augenblick an ist es, ein für allemal.

Was für ein Spiel.

Was für ein Sieg.

II

Dies ist nun der gewünschte Bericht,
sehr geehrter Herr Dr. Steinberger,

und Sie haben recht mit Ihrer Vermutung, es geht mir besser, seit ich das alles auf ein Blatt Papier gebracht habe. Mir ist, als ständen nun die Dinge, die mich in meinen Phantasien plagen, neu zur Disposition. Ich habe sie dingfest gemacht, kann sie weglegen, hervorholen, ändern oder auch vernichten.

So bin ich noch nie mit dem umgegangen, was in mir umgeht.

Sie haben noch eine Frage?

Die Antwort ist ganz einfach: Es ist nicht wirklich und doch wahr, daß ich mich in den Abgrund gestürzt habe, ebenso, wie es wahr ist und doch nicht wirklich, daß ich lebe.

Mit herzlichen Grüßen
Ihre Laura Daum

III

«Verdammte Schweinerei!»

Franz Steinberger sah entgeistert zu, wie sich die dunkelbraune Flüssigkeit über den sorgfältig ausgeschnittenen Zeitungsartikel ergoß.

Schnell legte er die Papierschere aus der Hand und stellte die Kanne wieder auf, in der sich nur noch wenige Schlucke Frühstückskaffee befanden. Mit spitzen Fingern griff er nach dem durchweichten Stück Papier. Er löste es behutsam von der Tischplatte und hielt es zwischen Zeigefinger und Daumen. Überreste, die vom Papier nicht aufgesaugt wurden, tropften auf den Gartentisch zurück und teilten sich mit dem großen Strom vergossenen Kaffees in mehrere kleine Rinnsale, die dann nach einer längeren Wanderung über die leicht geneigte Kunststoffplatte auf dem Terrassenboden endeten.

«Ein Glück, die Schrift ist noch lesbar.» Er atmete auf. Es war eine kurze Mitteilung aus den Polizeiprotokollen der vergangenen Nacht. Dr. Steinberger las sie bereits zum viertenmal.

Bergsteiger am Heimgarten erfroren aufgefunden.

Kochel: 11. Mai

Am Samstag, dem 9. Mai, fanden in den frühen Morgenstunden Mitarbeiter der Herzogstandbahn einen ca. fünfzigjährigen Mann in einem Seil 100 Meter über dem Abgrund schwebend. Der Mann war tot. Der Tod ist in der Nacht vom 8. zum 9. Mai vermutlich durch Erfrieren eingetreten. Da das Seil, an dem der Tote hing, vorschriftsmäßig gesichert war, geht die Polizei davon aus, daß mindestens noch eine Begleitperson mit dem Verstorbenen unterwegs war. Der Tote konnte noch nicht identifiziert werden. Er hatte weder Ausweispapiere noch Bekleidungs- oder Gepäckstücke bei sich.

Der Mann trug ein rotkariertes Hemd, eine braune Bundhose aus Cordsamt, handgestrickte helle Kniestrümpfe und braune Bergstiefel der Marke «Koma». Er war ca. 160 cm groß, untersetzt, dunkelblond. Er hatte einen schütteren Haaransatz und hellgraue Augen. An einem braunen Kunstledergürtel trug er ein Fahrtenmesser mit Hirschhorngriff.

Wer hat den Mann und/oder seine Begleitperson am 8. Mai gesehen, wer kann Angaben über den Verbleib eventueller Ausrüstungsgegenstände machen?

Sachdienliche Hinweise richten Sie bitte an die Polizeidienststelle Kochel unter der Nummer 08154/4156 oder an jede andere Polizeidienststelle.

Verdammt noch mal, irgend etwas mußte jetzt geschehen. Aber was? Jemanden anrufen? Nur wen und wozu? Vielleicht waren das alles nur Hirngespinste, Zufälle, eine Duplizität, die sich über kurz oder lang in nichts auflösen würde. Mit kurzen, harten

Schritten durchmaß er die gepflasterte Fläche diagonal von der Arbeitszimmertür bis zum Ligusterstrauch.

Achtzehn Schritte hin, achtzehn Schritte zurück.

Er war froh, daß seine ersten beiden Patientinnen für heute ihre Termine abgesagt hatten. Momentan wäre es ihm unmöglich gewesen, ein therapeutisches Gespräch zu führen. Er mußte zu seiner Gelassenheit zurückfinden. Unbedingt! Spätestens bis 10.15 Uhr, wenn ihn die nächste Stunde in Anspruch nahm.

Er hielt inne und sammelte mit der freien Hand die Teile des «Weilheimer Tagblattes» zusammen, die durch den Wind über die Terrasse verteilt worden waren.

Bis vor dreißig Minuten hatte noch alles für einen guten Tagesbeginn gesprochen. Die Morgensonne war für Anfang Mai so ungewöhnlich warm gewesen, daß er Lust auf ein Frühstück im Freien bekommen hatte, mit frischen Brötchen, der Tageszeitung und ausreichend Zeit. Sogar seiner Hauswirtschafterin Marie war heute das Ei genau so gelungen, wie er es liebte. Das Weiße fest, das Gelbe weich. Alles wäre rundum gut gewesen ohne diese verdammte Zeitungsmeldung.

Laura Daum…, überlegte er und verwarf den Gedanken im gleichen Moment. Es war unvorstellbar, es war schlicht und einfach unvorstellbar und lag doch so nahe. Sollte diese Frau in die Tat umgesetzt haben, was damals, theoretisch, ihre Seele so entlastete?

Nein, es konnte nicht sein. Laura Daum war gesund, so normal oder neurotisch wie jeder andere Mensch auch. Er kannte sie nach beinahe dreihundert Stunden Psychoanalyse wirklich sehr gut und war sich seines Urteils sicher. Schließlich war er kein Anfänger mehr. Über zwanzig Jahre Berufserfahrung ließen sich nicht einfach vom Tisch wischen.

In der rechten Hand die Reste des «Weilheimer Tagblattes» und in der linken den noch etwas feuchten Polizeibericht, ging Steinberger durch die gläserne Verandatür zurück in sein Arbeitszimmer. Er stopfte die Zeitungsreste in den Papierkorb und legte den Ausschnitt vorsichtig auf eine weiße Seite Schreibmaschinenpapier, damit er völlig trocknen konnte. Daraufhin holte er die Patientenmappe Lauras von einem Stapel unerledigter Unterlagen. Nach kurzem Durchblättern hatte er beide nebeneinander: das entsprechende Tagtraumprotokoll und den Artikel. Die Fakten stimmten verblüffend überein. Seine Erinnerung hatte ihn nicht getäuscht. Er setzte sich auf die vordere Kante seines Stuhles, stützte die Ellbogen auf den Schreibtisch und dachte, den Kopf in beide Hände gelegt, nach.

Es mußte wohl dreieinhalb Jahre zurückliegen, als Frau Daum zum erstenmal in seine Praxis kam, physisch und psychisch völlig am Ende. Ein ausgesprochen diffuses Krankheitsbild. In seinem Therapieantrag für die Krankenkasse behalf er sich mit der Diagnose «Neurose», die alles und nichts bedeuten konnte. Er wußte anfangs nicht so recht, wo er ansetzen sollte, bis er ihr den Vorschlag machte, sie solle doch ihre Obsessionen aufschreiben. Eine Methode, die er gerne bei Patienten anwandte, die sich ausdrücken konnten, und die sich schon häufig bewährt hatte.

In ihrem Fall war es, weiß Gott, der richtige Weg. Schon nach kurzer Zeit sammelte sich eine recht beachtliche Zahl von Traum- und Tagtraumprotokollen an, die ihn in ihrer Komplexität faszinierten.

Mit Laura Daum ging es spürbar aufwärts, so spürbar, daß er ihre Krankengeschichte und ihre Niederschriften in einem wissenschaftlichen Beitrag für die Zeitschrift «Psychotherapeut» zitieren wollte. Zwar steckten seine Forschungen noch in den Anfängen, aber er hoffte doch, so ein neues Therapiesystem entwickeln zu können, das effektiver und kostengünstiger war als andere, klassische Behandlungsmethoden. Dies sollte der krönende Abschluß seines Berufslebens werden. Der Fall Laura Daum wäre ein überzeugender Beleg für seine Theorie. Hatte er jetzt «wäre» gedacht?

Unsinn, ihre Geschichte war ein Beleg für seine Theorie und nicht nur ihre, sondern auch die Krankengeschichte anderer Patienten.

Steinberger sah auf die Uhr. Er ging noch einmal kurz auf die Terrasse, um das Chaos auf dem Gartentisch zu beseitigen. Als jedoch sein Versuch, die Kaffeelache auf dem Tisch mit einem Taschentuch aufzuwischen, fehlschlug, ließ er alles stehen und liegen. Das war nun wirklich Maries Aufgabe.

Marie Maier war ein Schützling seiner Schwester Elisabeth.

«Du brauchst jemanden fürs Haus, Franz», meinte sie, «jetzt, nachdem Eva ausgezogen ist. Ich bin die ersten Wochen nach eurer Scheidung nur eingesprungen, um dich nicht noch mehr zu belasten, aber eine Dauerlösung ist das nicht.»

Kurz darauf stand sie mit Marie unter der Tür.

«Dies ist Ihr neuer Wirkungskreis», sagte sie zu ihr.

Und zu ihm: «Sie wohnt zwei Straßen weiter im Haus von Emma Kuhn. Zur Untermiete. Du weißt schon, bei meiner Schulfreundin. Das ist preisgünstig, bequem und sicher. Es ist besser, wenn sie nachts erst einmal nicht alleine ist.»

Und wieder zu ihr: «Beim Einwohnermeldeamt geben wir nur die Anschrift des Arbeitgebers an, also diese hier, Ahornstraße.»

Er fühlte sich überrumpelt, aber nachdem Elisabeth schon Tatsachen geschaffen hatte und ihm der offene Blick des Mädchens gefiel, war er mit einer Probezeit von drei Monaten einverstanden. Nach dieser Zeit wollte er Marie nicht mehr missen, obwohl oder vielleicht auch weil er mittlerweile wußte, daß sie in den vergangenen Jahren viel durchgemacht hatte. Dem Einwand seiner Kollegen in der Supervision, daß er Beruf und Privates immer und in jedem Fall streng trennen müsse, um seiner selbst willen, entgegnete er, daß sie als Angestellte und nicht als Patientin in sein Haus gekommen war und auch so gesehen werden wollte. Bis jetzt hatte sie jedenfalls noch nie mit ihm über ihre Vergangenheit gesprochen.

Marie war ordentlich, diskret, freundlich und ausgeglichen. Sie fühlte sich wohl in seinem Haus, und immer wenn er sie bei der Arbeit singen hörte, hoffte er, daß sie ihrem ehemals heiteren Wesen wieder ein Stück nähergekommen wäre.

«Marie», rief er mehrere Male, und da er lautes Rufen verabscheute, lief er durch die Räume seines etwas zu großen Hauses.

Sie wird wohl noch einiges besorgen, dachte er und legte einen Zettel an die Garderobenablage mit der Nachricht:

– Ich komme heute etwas später, bitte nicht warten.
– Die Unordnung auf der Terrasse tut mir leid!
– Gruß: St.

Daraufhin nahm er den Aktenkoffer und stieg in seinen Wagen.

Er hätte die kurze Strecke auch laufen können, aber da er auf dem Weg zur Praxis gedanklich eigentlich schon dort war, wollte er sich nicht durch ein ständiges Grüßen und Gegrüßtwerden stören lassen. Seine Praxisräume lagen unmittelbar am Marienplatz im obersten Stockwerk eines renovierten Jugendstilgebäudes.

Heute ging es besonders zäh voran. Die drei Kilometer Weg kosteten ihn beinahe zehn Minuten. Seine letzte Hürde war die Ampel an der Einfahrt zur Tiefgarage. Sie war rot.

Er stellte den Motor ab und wartete. Seine Gedanken wanderten erneut zu Laura Daum. Vor ungefähr sechs Wochen hatte er ihre Behandlung abgeschlossen. Sie hatte in den gut drei Jahren beinahe alle anvisierten Therapieziele erreicht, und den Rest, dessen war er sich sicher, würde sie auch ohne seine Hilfe noch bewältigen. Sollte der Zeitungsbericht doch ein Zufall sein?

Dr. Franz Steinberger glaubte nicht an Zufälle.

IV

Das Praxisschild ist kaum zu lesen, dachte Steinberger. Kein Wunder bei diesem trüben Wetter. Er drückte auf den Schalter für die Treppenhausbeleuchtung. Es blieb dunkel. Die Berufsbezeichnungen «Psychotherapeut» und «Internist» verschwanden beinahe im Schatten der üppigen Grünpflanzen vor dem schmalen, hohen Fenster. Ärgerlich sah er nach oben. Seine Vermutung war richtig. Die Glühbirne in der Deckenbeleuchtung schien wieder einmal defekt zu sein. Flüchtig tastete er die Taschen seines Mantels ab. Seine Brille war nicht greifbar, den Schlüsselbund fand er sofort. Behutsam setzte er seinen Aktenkoffer ab, beugte sich nach unten, erfühlte den vorstehenden Zylinder des Sicherheitsschlosses und schob den Schlüssel hinein.

Irritiert hielt er inne. Das hatte ihm gerade noch gefehlt. Er richtete sich wieder auf und atmete tief durch. Ruhig bleiben, ermahnte er sich, ruhig bleiben und nicht überreagieren! Vergeblich. Seine Schläfen, die bei jedem Anzeichen von Ärger deutlich hervortraten, blieben sichtbar.

Wie oft schon hatte er seiner Sekretärin erklärt, daß es in seiner Position unmöglich sei, wenn sie am Telefon Privates über ihn weitergeben würde. Dieser unsensiblen Person konnte er offensichtlich erklären, was er wollte. Sie brachte es dennoch fertig, Frau Becker seinen Terminkalender vorzulesen, mit allen Einzelheiten, nur weil eine Stunde verschoben werden sollte. Und das auch noch in diesem breiten schwäbischen Akzent, der selbst neutrale Aussagen plump-vertraulich klingen ließ.

Er öffnete die Tür so geräuschvoll, daß Liselotte Schneider erschrocken zusammenfuhr.

«Stellen Sie das Gespräch durch!»

Grußlos ging er in sein Sprechzimmer. Noch im Mantel nahm er den Hörer ab und nannte seinen Namen. «Frau Becker, Sie wollen zu mir in die Therapie kommen, und ich bin bereit, diese Therapie durchzuführen. Also wo liegt das Problem?»

Die schrille Frauenstimme ließ ihn die Distanz zwischen Ohr und Hörer vergrößern.

«Wir haben», er sprach langsam und akzentuiert, «fest vereinbart, Sie kommen Montag, Dienstag und Freitag um neun Uhr. *Pacta sunt servanda.* Als Juristin sollte Ihnen das eigentlich geläufig sein.»

Nachdem Frau Becker schwieg, fuhr er nach einer kurzen Pause etwas versöhnlicher fort:

«Ich erwarte Sie also am Dienstag pünktlich in meiner Praxis. Dann reden wir einmal darüber, was Ihr häufiges Terminverschieben bedeuten könnte. Sind Sie damit einverstanden?»

Die Antwort war kurz und zustimmend.

Steinberger legte den Hörer auf, zog seinen Mantel aus und ging wieder zurück in die Diele.

«Und nun zu Ihnen, Frau Schneider.»

Liselotte Schneider stand auf der Sitzfläche ihres Drehstuhles, hielt sich mit einer Hand an der Tür des Aktenschrankes fest und versuchte, mit der anderen einen Ordner aus dem obersten Fach zu angeln. Akrobatik war nicht ihre Stärke. Dazu hatte sie gut zwanzig Kilo zuviel auf den Hüften. Jedes Jahr im September beendete sie ihre Sommerdiät, und im kommenden Frühjahr sah sie wieder aus wie ein Nilpferd. Sie schwankte bedenklich. Mit drei großen Schritten war er bei ihr und fixierte den Stuhl mit dem Knie. Er reichte Frau Schneider seine Hand. Sie griff danach und sprang ab.

So schnell sie konnte, drückte sie sich an ihm vorbei hinter ihren Schreibtisch. Einen gewissen Sicherheitsabstand hielt sie bei dieser Stimmung ihres Chefs für unabdingbar. Der Drehstuhl stand noch beim Aktenschrank. Sie mußte stehen.

«Ich weiß», sagte sie.

«Was wissen Sie?»

«Ich weiß, was jetzt kommt. Sie können es sich sparen.»

«Das wäre mir sehr recht, wenn ich mir das sparen könnte, und zwar nicht nur jetzt, sondern auch in Zukunft. Und da mein Vertrauen in Ihre Gedankenlesekunst begrenzt ist, spreche ich es noch einmal aus. Das letzte Mal! Wenn Sie sich nicht zu mehr Diskretion durchringen können, sind Sie bei mir fehl am Platz. Dann sollten Sie sich um eine Anstellung auf dem Fischmarkt bemühen. Alles, was in meinem Terminkalender steht, ist vertraulich. Verstehen Sie, alles, ohne Ausnahme.»

«Aber ich habe Frau Becker doch nur gesagt, daß es beim Zahnarzt etwas ...»

«Wann ich wie lange beim Zahnarzt bin, geht eine Frau Becker überhaupt nichts an. Das tut auch nichts zur Sache. Ich stehe in dieser Zeit nicht zur Verfügung, und damit Schluß. Es geht hier auch nicht um meinen Zahnarzttermin, sondern um ein Prinzip. Was werden Sie denn als nächstes weitertratschen, in Ihrer verdammten Geschwätzigkeit?»

Liselotte Schneider lief dunkelrot an, schluckte und schwieg. Sie sah zum Aktenschrank hinüber. Der Ordner stand immer noch oben. Steinberger folgte ihrem Blick.

«Gibt es noch etwas?» Er sah sie an. Unausgesprochene Erwartungen waren ihm zuwider. Diese Frau sollte sich endlich angewöhnen, Wünsche zu artikulieren, und zwar klar und deutlich. So konnte man nicht zusammenarbeiten.

«Nein, danke!» Liselotte Schneider ärgerte sich über ihre Reaktion. Holen Sie sich Ihren Mistordner selber da oben runter, hätte sie ihm sagen sollen, dann wäre ihr jetzt wohler. Und weiter: Ich werde schließlich nicht dafür bezahlt, daß ich mir Ihretwegen den Hals breche. Doch sie schwieg.

Steinberger wartete etwas. «Dann eben nicht. Sie wissen ja, im Labor steht eine Leiter.»

«Danke für den Hinweis.» Mit dem, was sie jetzt dachte, hätte sie – ausgesprochen – tatsächlich ihre Kündigung riskiert.

«Die Post, bitte.»

«Liegt schon längst auf Ihrem Tisch.»

Steinberger drehte sich um. Er ging in sein Sprechzimmer. Die Tür fiel geräuschvoller ins Schloß, als ihm lieb war.

Das war Flucht, er wußte es. Aber jedesmal, wenn er bei seiner Sekretärin etwas von dieser verdrucksten Aufsässigkeit wahrnahm, die er besonders bei seiner Exfrau Eva zutiefst gehaßt hatte, stieg in ihm ein Gefühl aus Wut und Verachtung hoch, das mit Frau Schneider nichts mehr zu tun hatte. Dem konnte er sich heute nicht auch noch stellen.

Er griff nach der Tagespost, lehnte sich in seinem Schreibtischsessel zurück und sah die Briefe durch. Die großen Umschläge mit den Traum- oder Tagtraumprotokollen seiner Patienten legte er zur Seite. Dafür war der frühe Nachmittag eingeplant.

Die kleinen Umschläge enthielten Rechnungen, Werbung und einen Brief des Redakteurs vom «Psychotherapeuten». Er mahnte das versprochene Manuskript an. Steinberger sprach einige kurze Sätze auf sein Diktatband, in denen er um etwas Aufschub bat. Er mußte erst Klarheit über Laura Daum haben, bevor er seine Theorien öffentlich machen konnte. Seit heute morgen hatte er das Gefühl, daß hier eine Zeitbombe tickte, eine Zeitbombe, von der noch nicht klar war, für wen sie gezündet wurde.

Steinberger stöhnte. Es half nichts. Über dieses Problem konnte er frühestens nach Praxisende weiterdenken. Seine erste Patientin wartete bereits einige Minuten. Wenn er zu sehr in Verzug kam, verschoben sich die Termine bis in den Mittag.

Er stand auf und legte Frau Schneider auf dem Weg in den Therapieraum das Diktatband auf den Tisch.

«Bis heute nachmittag. Und bitte, versuchen Sie im Laufe des Vormittags, zwischen den Sitzungen, Frau Daum zu erreichen. Stellen Sie mir das Gespräch dann durch. Ich muß sie dringend sprechen.»

Frau Schneider wich seinem Blick aus. Sie war den Tränen nahe. Das war zuviel. Jetzt sollte sie sich auch noch um die Daum bemühen. Sie konnte diese Frau nicht ausstehen. Alle anderen Patienten behandelte er einigermaßen gleich. Aber für sie wurde immer eine Extrawurst gebraten. Dabei war ihr völlig schleierhaft, warum. Sie sah nicht einmal besonders attraktiv aus. Der absolute Durchschnitt.

Dr. Steinberger verschwand hinter einer weißen Tür mit der Aufschrift: «Psychotherapie». Heute würde sie ihren Chef, wenn überhaupt, nur noch im Vorübergehen sehen. Gott sei Dank, denn diese demütigende Szene von vorhin wollte sie ihm noch länger nachtragen. Mindestens bis...

Sie seufzte, denn sie wußte nur zu gut, bis wann.

Bis er sie das nächste Mal anlächeln würde. Richtig anlächeln. So, wie es ihm eigen war. Nicht nur mit den Lippen, sondern auch mit den Augen, den zwei Falten zwischen seinen Brauen und dem Grübchen an seinem Kinn.

Liselotte Schneider fuhr sich durch die dunklen Locken und sah in Richtung Therapieraum, als gäbe es dort keine schwere, weiße Doppeltür, sondern eine aus Glas, die den Blick freigab auf den Mann, den sie stundenlang betrachten konnte, ohne müde zu werden.

Zu Hause, im Verborgenen brachte sie dann zu Papier, was sie deutlich vor sich sah, wenn sie die Augen schloß. Bilder in Öl, Aquarell, mit Bleistift und Kreide stapelten sich in ihrem Appartement. Alle mit nur einem Motiv.

Ihr Dr. Franz Steinberger, genau so, wie er nun wahrscheinlich in seinem Sessel saß. In angemessener Entfernung zum Kopfende der Couch. Angespannt, aufmerksam, konzentriert. Den Rükken sehr gerade, den Blick freundlich beobachtend, um auch das aufnehmen zu können, was seine Patienten ihm durch ihre Gestik mitteilen wollten. Nahe genug, um selbst geflüsterte, gehauchte Satzteile zu hören, und weit genug entfernt, um niemandem das Gefühl zu vermitteln, er würde bedrängt.

Frau Schneider sah in die Ferne und träumte. In Gedanken nahm sie ihre Wachsmalkreiden zur Hand und begann zu zeichnen, gerade so, wie es ihre Kursleiterin in der Volkshochschule empfohlen hatte. «Malen Sie immer, wenn Sie etwas sehen, das Ihr Herz berührt. Und wenn Sie keine Stifte zur Hand haben, malen Sie in Ihrer Phantasie, sofern Sie genügend davon haben.» Und Phantasie hatte Frau Schneider ausreichend, besonders während ihrer Arbeitszeit.

Für Steinbergers Haut wählte sie heute den Ton etwas dunkler als sonst, um die Sportlichkeit seiner Figur zu unterstreichen und wegen des guten Kontrastes zu seinem hellen Hemd. Die Haare, voll und kräftig, ursprünglich einmal schwarz, schienen im Verlauf von vorn nach hinten zunehmend heller zu werden. Durch die grauen Augen unter völlig weißen Brauen wurden die Farbnuancen in Hemd und Kopfhaar noch einmal aufgenommen. Oder waren die Augen blau? Nein, heute wohl eher grau, obwohl sie deutliche blaue Anklänge haben konnten, zum Beispiel, wenn er lachte. Seine Nase war immer schwierig zu treffen. Sie hatte es schon unzählige Male probiert. Meistens geriet sie zu groß. Obwohl sie eigentlich gar nicht zu groß war, sondern nur groß, groß und markant. Der Mund gelang immer. Sie liebte ihn. Weich und sinnlich, aber nicht feminin, da er durch zwei steile Falten begrenzt wurde, die von den Nasenflügeln abwärts über die Mundwinkel hinaus führten. Sein ausgeprägtes Kinn wirkte zeitweilig eckig, besonders wenn er sich erregte und den Kopf vorschob. In Wirklichkeit hatte er ein gut geformtes, kräftiges Kinn, und in entspanntem Zustand, mit Lichteinfall von links, unterstrich es seine männliche Ausstrahlung.

Das Telefon klingelte und riß Frau Schneider unsanft aus ihren Betrachtungen. Heute nachmittag, so beschloß sie, während sie den Hörer abnahm, wollte sie wieder einen Versuch wagen. Diesmal in Öl.

«Praxis Dr. Steinberger», Frau Schneiders Stimme klang, wahrscheinlich wegen der Pastellkreiden in ihren Gedanken, sehr sanft und zart.

«Hier auch Steinberger.» Den akustischen Kontrast zu dieser Stimme könnte man, wenn überhaupt, nur mit Kohle auf weißem Karton deutlich machen. «Ich nehme mal an, mein Exgatte ist wieder nicht zu sprechen.»

«Leider, Frau Steinberger, ich darf ihn während einer Sitzung nicht...»

Frau Steinberger hatte aufgelegt.

«...stören», flüsterte Frau Schneider, zuckte mit den Schultern und ließ den Hörer auf die Gabel fallen. Sie fand schnell in ihre Gedankenwelt zurück. Dieser Mann ließ sie einfach nicht los.

Als es auf dreizehn Uhr zuging – Frau Schneider arbeitete nur vormittags –, gab sie die gewünschte Bandabschrift zu den üblichen Briefen in die Unterschriftenmappe. Danaben lagen, chronologisch geordnet, eine Reihe Notizen aus den eingegangenen Telefonanrufen. Mehrere Zettel mit unterschiedlicher Uhrzeit und immer dem gleichen Text: «Ihre Exfrau bittet um Rückruf.»

Einige dieser Notizen waren mit Zusätzen wie «Eilt» oder «Dringend» versehen. Des weiteren fand sich dort auch ein Zettel mit der Telefonnummer von Laura Daum.

«Insgesamt siebenmal probiert», stand mit Kugelschreiber darunter, «leider keinen Anschluß bekommen.»

Beides deponierte sie unübersehbar auf ihrem Arbeitsplatz. Ganz obenauf lag ein weißes Blatt Schreibmaschinenpapier, auf dem diagonal mit großen Buchstaben das Wort «ENTSCHULDIGUNG» stand und ganz klein darunter: «Ich kann halt nicht aus meiner Haut.»

Sie zog ihren Mantel an und ging.

V

Ungefähr so hatte Steinberger sich das vorgestellt. Er stand in Peißenberg auf der Hauptstraße, das Postamt im Rücken, und blickte auf die gegenüberliegende Straßenseite, Hauptstraße 14a, I. Stock. Hier wohnte seine Patientin Laura Daum. Es war kurz nach achtzehn Uhr. Um diese Zeit, so hoffte er, würde er sie antreffen.

Er hatte den tristen Wohnblock auch ohne Hausnummer erkannt. Laura hatte ihn in einem ihrer Protokolle ausführlich beschrieben, und diese Beschreibung stimmte bis ins Detail. Ein schmuckloser, brauner Kastenbau, vier Etagen hoch mit zwei Treppenaufgängen, 14a und 14b. Auf jedem Stockwerk drei Wohneinheiten, zwei Zweizimmerwohnungen rechts und links des Treppenaufganges, in der Mitte ein Einzimmerappartement.

Er kannte diese engen, etwas muffigen Wohnblöcke sehr gut aus seinem eigenen Leben. Während seiner Assistenzarztzeit hatte er in einer ähnlichen Anlage in München gewohnt.

Er erinnerte sich noch gut an eine blühende Walderdbeerpflanze, die er in dieser Zeit von einer jungen Kollegin geschenkt bekommen hatte. Seiner Traumfrau. Diese Pflanze war für ihn zum Symbol ihrer Liebe geworden. Auf einem hellen Platz in Fensternähe hatte sie sogar Fruchtknoten angesetzt, nachdem er sie während ihrer Blütezeit mit einem Pinsel sorgfältig bestäubt hatte. Zur Reife waren diese Früchte jedoch nie gelangt, ebensowenig wie ihre Beziehung.

Wie soll, so dachte Steinberger, in dieser Umgebung etwas reifen, sich entfalten, gedeihen, ohne deformiert zu werden? War hier nicht alles Lebendige hoffnungslos verloren, egal, ob es sich um Pflanzen, Früchte oder um die Liebe handelte?

Laura Daums Zimmer lag ganz links außen, ein kleines, rechteckiges Fenster zur Straße hinaus. Er konnte sich gut vorstellen, daß auch in diesen Raum nie Sonne gelangte, und hörte geradezu die Kolonnen der Postlastwagen, die jeden Morgen die Straße entlangdonnerten. Laura beschrieb sie in einem Bericht mit:

«...einem dumpfen Dröhnen, unter dem die Geräusche der Motoren zu Bewegung mutierten. Einer Bewegung, die Wände, Boden und Zimmerdecke meines Schlafzimmers zum Vibrieren brachte. Die Fensterscheibe und jeder Gegenstand im Raum erzitterten. Sogar mein Körper und meine Gedanken. Je nach dem Inhalt meiner Träume war es mir ‹Freund› oder ‹Feind›, denn es holte mich unsanft, aber zuverlässig zurück in die Wirklichkeit.»

An dieses Protokoll erinnerte er sich beinahe wörtlich. Bislang hatte er nie überprüft, ob das, was seine Patienten niederschrieben, Fiktion oder Realität war. Es wurde auch nie nötig, denn was immer sie belastete und was sie an Material in die Therapie einbrachten, war relevant. Für die Seele spielt es keine Rolle, wie real eine Not ist, wenn sie leidet.

Laura Daums Beschreibungen waren erstaunlich präzise. Könnte es sein, daß sie ihren Phantasien zu ähnlicher Präzision verhelfen wollte, im nachhinein, nach Abschluß ihrer Analyse? Erst bringt sie Siegwart Hofer auf dem Papier um und dann in der Realität?

Steinberger verwarf diesen Gedanken sofort wieder.

Unvorstellbar. – Dann wäre sie ja, ohne daß ich es bemerkt hätte, in eine Psychose abgerutscht. Eine Katastrophe!

Meine therapeutische Kompetenz stände im Zweifel. Meiner wissenschaftlichen Arbeit wären die Grundlagen entzogen. Meine Reputation wäre dahin.

Ihm wurde heiß. Er öffnete seinen Mantel. Es half wenig.

In irgendeinem ihrer Protokolle wollte sie auch mich umbringen, erinnerte er sich. Nur wie, wußte er nicht mehr genau. Ich werde mir ihre Berichte noch einmal im Zusammenhang durchsehen, beschloß er und war erleichtert, denn hier wurde deutlich, daß diese Theorie einfach lächerlich war. In vielen therapeutischen Beziehungen spielen Liebe und Haß eine Rolle, ja müssen es sogar, um den Heilungsprozeß zu fördern. Und kein vernünftiger Mensch geht ernsthaft davon aus, daß diese Übertragungen realisiert werden.

«Hirngespinste», sagte er halblaut. «Bis jetzt sind das alles Hirngespinste.» Lauras Obsessionen als Drehbücher. Es gab nur einen Anhaltspunkt für diese Theorie. Die Zeitungsmeldung! Und auch das war nicht sicher. So ein Mann wie Hofer könnte ja Feinde gehabt haben. Ein bedauerlicher, aber ganz normaler Mord oder, noch besser, ein Unfall, wie er in jeder Bergsaison mehrfach vorkommt. Im schlimmsten Falle wurden Frau Daums Phantasien von der Wirklichkeit eingeholt. Dann sitzt sie jetzt zu Hause und kämpft mit diffusen Schuldgefühlen. Er mußte sie finden.

Steinberger überquerte die Straße. Als er den Hinterhof genau so vorfand, wie ihn Laura beschrieben hatte, war er nicht einmal mehr überrascht. Das Gebäude wirkte auf seiner Rückseite noch weniger ansprechend. Der erste Stock wurde von einem nahe stehenden Mietshaus beinahe vollständig beschattet. Der kleine, verkümmerte Kastanienbaum im Hof hatte keine Chance. Ein zweiter Raum lag zur Hofseite, Lauras Schlafzimmer gegenüber. Es war wohl Siegwarts Zimmer. Eine schmale Glastür führte auf einen kleinen Balkon.

Er erkannte die aneinandergereihten Garagencontainer mit ihren quietschenden Schwingtüren ebenso wieder wie die Abfalltonnen, die immer von einem Kranz unappetitlicher Müllreste umgeben waren. Die Teppichstange, rechts in die Hofmauer eingelassen, fehlte ebensowenig wie die Fahrräder vor der Kellertür.

Steinberger versuchte, indem er seine Distanz zum Haus etwas vergrößerte, einen Blick in die Wohnung im ersten Stock zu werfen. Die zugezogenen Stores bewegten sich nicht. Die Grünpflanzen auf der Fensterbank ließen ihre Blätter hängen.

Er verließ den Hof, lief um das Haus herum zur Eingangstür und drückte auf den Klingelknopf mit der Aufschrift Hofer/Daum. Das Schnappschloß war nicht eingerastet und gab nach, als Steinberger dagegen drückte.

Er stieg in den ersten Stock und klingelte nochmals.

Ohne Erfolg.

Erst jetzt sah er, daß die Wohnungstür von der Polizei versiegelt war.

VI

«Sie, da können Sie lange klingeln, da ist niemand mehr!»

Steinberger drehte sich ruckartig um. Er war erleichtert, als er auf der rechten Seite des Treppenabsatzes im Gegenlicht nur eine zierliche Person stehen sah. Weiß der Teufel, was er erwartet hatte. Ihre laute, energische Stimme stand in offensichtlichem Gegensatz zu ihrem Äußeren. Sie trug über einer dunklen Baumwollhose einen weiten, bequemen Rollkragenpullover, unter dessen Ärmeln ihre Hände beinahe ganz verschwanden. Ein buntgemustertes, turbanartig um den Kopf gewickeltes Frotteetuch ließ sie einige Zentimeter größer erscheinen. Ihr Alter war schwer zu schätzen, wie oft bei Frauen, die ihr Haar streng aus dem Gesicht gebunden hatten. Beide Arme resolut in die Hüften gestemmt, gelang es ihr, trotz ihrer schmächtigen Statur den ganzen Türstock auszufüllen.

Wahrscheinlich beobachtet sie mich schon längere Zeit durch den Türspion, vermutete Steinberger und fühlte sich ertappt. Sein Lächeln mißlang.

«Guten Abend», murmelte er kaum verständlich und ging einen Schritt auf sie zu.

«Sie sind aber nicht von der Polizei!»

«Nein.»

«Die Herren kenne ich nämlich.»

Steinberger wartete.

«Die waren alle schon da», fügte sie erklärend hinzu. «Sind Sie ein Verwandter vom Hofer oder von der Daum?» Sie sah Steinberger, der noch immer schwieg, ins Gesicht. Ihr wacher, etwas sprunghafter Blick paßte zu ihrer Stimme.

«Nein, das bin ich nicht.»

«Sie, wenn Sie von der Zeitung kommen, da haben Sie hier nichts verloren.» Sie schob ihren Pulloverärmel zurück und griff nach der Türklinke.

Schnell hielt er ihr seine Hand entgegen. «Steinberger, Dr. Franz Steinberger.»

«Ach was. Der sind Sie? Zenta Sauer, ich bin hier Hausmeisterin.» Ihr Griff war fest.

«Dann wissen Sie in diesem Haus sicher gut Bescheid.»

«Natürlich weiß ich Bescheid, das muß ich ja.»

Steinberger versuchte, seine rechte Hand wieder freizubekommen. «Keine leichte Aufgabe, die Sie da haben.»

«Das kann man wohl sagen! Übrigens, jetzt kommt es mir. Entschuldigen S', daß mir das nicht gleich eingefallen ist. Ich bin ja auch blöd. Ich kenne Sie.»

Steinberger sah sie überrascht an.

«Sie sind doch der Gspinnertendoktor, zu dem die Daum jahrelang gerannt ist. Stimmt's?» Zenta Sauer lachte.

Im zweiten Stock fiel eine Tür ins Schloß. Vorsichtig sah sie nach oben. «Hier im Treppenhaus kann man schlecht reden», begann sie und dämpfte dabei ihre Stimme, so gut sie konnte. «Ich bin zwar gar nicht auf Besuch eingerichtet, und bei mir schaut's aus wie bei Hempels unterm Sofa, aber in Gottes Namen, so kommen Sie halt rein.» Sie trat etwas zur Seite. «Mögen Sie eine Tasse Tee, ich hätt grad welchen.»

«Nein danke, so spät am Abend nicht mehr. Aber ich würde gerne ein paar Minuten ungestört mit Ihnen sprechen. Vielleicht können Sie mir weiterhelfen.»

Zenta Sauer nickte. Sie wies an das Ende eines langen schmalen Flurs und schloß die Wohnungstür. «Gehen Sie schon mal voraus, ich komme gleich.»

Ein befremdlicher, süß-fruchtiger Geruch hing in den Räumen. Für Tee war er zu intensiv. Steinberger betrat das Wohnzimmer und widerstand dem Impuls, gleich das Fenster zu öffnen. Auf einem Beistelltisch hinter der Tür brannte eine Duftlampe. Ihre kleine Kerze flackerte in der Zugluft. Daneben war eine ganze Batterie brauner Fläschchen mit ätherischen Ölen aufgereiht. Er mochte keine künstlichen Düfte, aber hier paßten sie.

Das ganze Ambiente erinnerte ihn an die farbigen Werbeprospekte örtlicher Möbelhäuser, die gelegentlich der Tageszeitung beigelegt waren. Links neben dem Fenster hing hinter rahmenlosem Glas die Reproduktion eines mittelalterlichen Kupferstichs. Eine Darstellung der Erdscheibe, umrahmt von den zwölf Tierkreiszeichen. Er ging zu der samtenen Sitzgarnitur, die einer massiven Schrankwand gegenüberstand, zog seinen Mantel aus und öffnete die Knöpfe seines Jacketts. Vor ihm, auf dem niederen Couchtisch, lagen Spielkarten, verstreut, mit dem Rücken nach oben, als wären sie gerade gemischt worden. Eine davon hob er an. Tarotkarten, stellte er fest, wußte aber nur ungefähr, wozu sie verwendet wurden. Am oberen Ende des Tisches, gefährlich nah am Rand, stand eine schmale blaue Glasvase mit einer einzelnen gelben Rose. Jetzt konnte er den süßlichen Duft zuordnen. Er erinnerte an Rosen. Laura Daum hatte sich während der Therapie längere Zeit mit der Symbolkraft von Blumen beschäftigt. Von ihr hatte er erfahren, daß gelbe Rosen angeblich für schwindende Gefühle standen. Für den größten Unsinn hat man oft ein erstaunlich gutes Gedächtnis, dachte er und lächelte. Rosen dominierten den Raum. Sowohl als Muster auf der gelb-braun abgetönten Tapete als auch auf dem pastellfarbenen Chinateppich, der beinahe den ganzen Boden bedeckte. In der Schrankwand sah er einige Bücher. «Lehrbuch der Astrologie» las er auf einem breiten Buchrücken. Steinberger stand noch einmal auf, um die Titel der schmaleren Bände zu erkennen, wurde aber gestört, denn Zenta Sauer kam mit einem Tablett herein. Sie hatte den Handtuchturban abgenommen und ihre halblangen Haare leicht durchgebürstet. Er war angenehm überrascht.

«Sie sehen hübsch aus, wenn Sie die Haare offen tragen. Nicht mehr so streng.»

«Wirklich?» Ein Kompliment hatte Zenta Sauer nicht erwartet. «Meinen Aufzug von vorhin müssen Sie schon entschuldigen. Wenn ich alleine zu Hause bin und Zeit habe, probiere ich gern etwas Neues aus mit meinen Haaren. Die Hausmeisterei hier ist ja nur ein Nebenjob. Ich habe auch noch einen Beruf. Ich bin Friseuse.»

«Da sind Sie aber ganz schön belastet.»

«Manchmal wird es mir zuviel. Vor allem, weil die meisten Bewohner hier meinen, ich sei nur dazu da, ihren Dreck wegzuräumen. Die Hausmeisterei wollte eigentlich mein Verlobter besorgen. Aber dann hat er von heute auf morgen seine Koffer gepackt und ist zu einer anderen gezogen. Und ich stand da mit der Wohnung und dem Job. Na ja, die Miete ist günstig, da kann man nichts sagen.» Zenta Sauer hielt noch immer das Tablett in den Händen. Sie sah Steinberger unverhohlen an.

«So etwas tut weh», meinte er.

«Es geht», sagte Zenta Sauer. Ihre Augen verengten sich, als sie weitersprach. «Der Idiot ist geradewegs in sein Unglück gelaufen. Ich habe es ihm vorhergesagt, ihm die Karten gelegt, gewarnt habe ich ihn, aber er hat nur blöd gelacht. Jetzt müßte ich eigentlich triumphieren, aber es geht nicht. Ich kann es nicht richtig genießen, daß alles so gekommen ist, wie ich es vorhergesehen habe.»

«Sie fühlen sich ihm noch verbunden?»

Zenta Sauer zuckte mit den Schultern. «Ich mag nichts weiter darüber sagen. Es ist ja auch schon einige Jahre her.»

Steinberger fühlte sich unwohl bei diesem Gespräch. Trotz ihrer offenen Mitteilung hatte diese Frau etwas Lauerndes im Blick. Warum erzählte sie ihm, was sie eigentlich nicht erzählen wollte? Und warum brachte sie das dann nicht zu Ende? Es sollte ihm egal sein. Er wechselte das Thema.

«Wo arbeiten Sie denn, wenn ich fragen darf?»

«Sie dürfen. Das ist kein Geheimnis. Ich arbeite im Frisiersalon Hergen, direkt hinter der Kirche St. Bonifaz.»

«Den kenne ich.»

«Von früher?»

«Ja.»

«Jetzt würden Sie ihn nicht wiedererkennen. Er ist vor einigen Wochen zum sechzigjährigen Firmenjubiläum völlig renoviert worden. Richtig schick ist jetzt alles. Auch die Herrenabteilung.» Zenta Sauer stellte das Tablett mit der Teetasse vorsichtig auf dem Couchtisch ab.

«Ihr Beruf macht Ihnen Spaß?»

«Wie? Ach so, ja, meistens schon. Während des Umbaus allerdings nicht. Der furchtbare Staub die ganze Zeit und der Mist, der sich in den alten Lagerräumen angesammelt hatte, das war weniger schön. Sie können sich das gar nicht vorstellen. Ich glaube, da wurde während der letzten sechzig Jahre nie Inventur gemacht. Zeug haben wir da gefunden, das war schon fast museumsreif.» Sie setzte sich auf einen der breit ausladenden Sessel. Ihr Blick fiel auf ihre Hände.

«Sehen Sie», sie hielt Steinberger, der noch immer stand, die Arme entgegen, «die ganzen Nägel habe ich mir bei dieser Dreckarbeit ruiniert.»

Steinberger sah zuerst auf die ausgestreckten Hände, dann in ihre Augen. «Das sieht wirklich schlimm aus, aber Sie bekommen das schon wieder hin. Sie sind ja vom Fach.»

Sein Blick machte sie unsicher. «Was erzähle ich Ihnen da», sagte sie schnell und ließ ihre Hände auf dem Rücken verschwinden, «so etwas interessiert Sie doch gar nicht.»

Jetzt, dachte er, wäre vielleicht ein offeneres Gespräch möglich. Er wollte sich gerade im rechten Winkel neben sie setzen, als das mächtige Rauschen einer Toilettenspülung jedes weitere Wort übertönte.

«Wir sind nicht alleine, Frau Sauer?»

«Doch, doch», sie lachte verlegen. «Das eben war eine Etage höher. Dieses Haus ist schrecklich hellhörig. Hier ist nur noch meine Katze. Aber die hat ihr eigenes Klo. Außerdem schläft sie gerade auf meinem Bett.» Schnell stand sie auf, drehte sich um und verließ noch einmal den Raum, bevor Steinberger etwas erwidern konnte.

Kurz darauf kam Zenta Sauer mit einer Flasche Mineralwasser zurück. Sie holte ein edles Kristallglas aus dem Wohnzimmerschrank, bat Steinberger Platz zu nehmen und reichte ihm beides. Er füllte sein Glas und stellte die Flasche unter dem Tisch ab.

«Stört Sie das?» fragte sie und deutete auf die Duftlampe.

«Ich habe mich daran gewöhnt. Der Geruch erinnert an Rosen.»

«Stimmt, Sommerrosen. Mein Lieblingsduft. Er hilft gegen schlechte Laune.» Steinberger nickte und lächelte.

«Hat Ihnen Frau Daum von mir erzählt?» fragte er unvermittelt.

«Die? Nein. Niemals! Ich weiß das alles vom Hofer. Wir haben öfter mal geratscht miteinander, im Treppenhaus oder im Hof, wo man sich eben so getroffen hat.»

«Einfach so?»

«Nein, nein, einfach so hat der gar nichts gesagt. Dem hat man jedes Wort aus der Nase ziehen müssen. Aber er war immer noch besser als die Daum. Die hat ja mit einem gewöhnlichen Menschen überhaupt nicht geredet. Außer ‹Guten Morgen› und ‹Guten Abend› hab ich von der nie was gehört. Ich glaube, die hat nur diese vier Worte reden können. ‹Bitte› und ‹Danke› hat sie auch nicht gekannt. Jedenfalls zu mir hat sie das nie gesagt, wenn ich zum Beispiel an meinem freien Montag ihre Post entgegengenommen habe. Sie war fast nie daheim, obwohl sie arbeitslos war.»

«Wissen Sie, wo sie tagsüber war?»

«Angeblich auf Jobsuche.»

«Und Herr Hofer, hatten Sie mit ihm mehr Kontakt?»

«Ja, gelegentlich, wenn wir uns gesehen haben. Er hat mir halt erzählt, daß die Daum immer öfter deprimiert ist, weil sie keinen Job bekommt. Und daß sie öfter einfach nur so dasitzt und stundenlang kein Wort redet, und daß sie jetzt zu einem Arzt geht. Dabei hat er Ihren Namen genannt. Die braucht keinen Arzt, sondern Arbeit, habe ich Hofer gesagt. Dann hat sie keine Zeit mehr für solche Sperenzchen. Ich könnte mir so etwas gar nicht leisten. Ich wollte sie in unserem Laden unterbringen. Aus reiner Freundlichkeit. Man hilft ja, wo man kann. Außerdem hätten wir während der Umbauarbeiten dringend jemanden gebraucht.»

«Und, hat sie ausgeholfen?»

«Einen Tag. Dann ist sie einfach nicht mehr erschienen. Die Frau Ingenieur. Es war der Lady wohl zu dreckig. Was glauben Sie, wie ich mich blamiert habe. Immerhin war sie meine Empfehlung. Aber das ist typisch für sie. Was hat sie Ihnen denn über Hofer erzählt? Die muß ja irgend etwas von sich gegeben haben in der Zeit, in der sie bei Ihnen war. Wenn Sie davon nur die Hälfte glauben, ist es immer noch zuviel.»

«Wie kommen Sie denn darauf?»

«Ach, die Daum. Entweder sie hat maßlos übertrieben und aus Mücken Elefanten gemacht, oder sie hat den Mund gar nicht aufbekommen. Ich möchte ja nicht wissen, was sie über mich erzählt hat.»

«Möchten Sie es wirklich nicht wissen?»

«Doch, aber Sie werden es mir wahrscheinlich nicht sagen.»

«In diesem Fall schon.»

«Warum sagen Sie es dann nicht, es wird eine gemeine Lüge sein, aber trotzdem, ich will es wissen.» Zenta Sauer hielt mit beiden Händen ihre Teetasse umklammert. «Also, was? Was hat sie gesagt?» fragte sie und führte die Tasse zum Mund. Ihre Finger zitterten.

«Nichts.»

«Nichts?»

«Sie hat nichts über Sie erzählt.»

Zenta Sauer schluckte. «Sie hat mich nie erwähnt?»

«Nein, nie. Was hätte sie denn erzählen sollen, Frau Sauer?»

«Ach, nichts Besonderes. Wir sind uns ja auch nur selten begegnet. Und über Hofer?»

«Über ihn schon. Herr Hofer war ja schließlich ihr Lebensgefährte. Befürchten Sie etwas?»

«Quatsch. Befürchten. Von der Daum hatte höchstens Hofer etwas zu befürchten. Aber das wissen Sie ja besser als ich. Sie ist verrückt, stimmt's?»

«Weshalb sollte sie verrückt sein?»

«Sie ist so, ja, ich weiß nicht, wie ich das nennen soll, so komisch. Irgendwie unausgeglichen. Manchmal ganz nett und dann wieder... ach, ist ja egal. Sie kann nichts dafür. Sie ist ein typischer Skorpion. Schwer zugänglich, nachtragend, durchtrieben und keinen Funken Anstand, wenn es um ihren eigenen Vorteil geht.»

Steinberger sah sie an. «Glauben Sie das allen Ernstes?»

«Ich habe mal in ihr Horoskop gesehen. Seitdem kenne ich sie. Von Grund auf. Das ist so in ihr angelegt.»

«Sie erstellen Horoskope, professionell?»

«Geld nehme ich keines dafür, wenn Sie das meinen. Aber ich mache es gut. Wem ich einmal geholfen habe, der kommt immer wieder. Darauf bin ich stolz.» Sie lächelte. «Jedenfalls, die Daum bringt Unglück. Ihnen auch, Doktor. Das ist ganz eindeutig. Sie ist eine Gefahr, wenn sie frei herumläuft. Als mir Hofer erzählt hat, daß sie bei einem Irrenarzt in Behandlung ist, habe ich ja gehofft, daß er dem Ganzen bald ein Ende bereiten wird.»

«Wem sollte ich ein Ende bereiten?»

«Dem Elend halt, das sie über alle Leute bringt, die mit ihr zu tun haben.»

«Können Sie das genauer erklären?»

«Könnte ich, aber will ich nicht. Über spirituelle Dinge rede ich nur mit Menschen, die mich ernst nehmen. Nehmen Sie mich ernst?»

«Sie schon, aber nicht Ihre Theorien von unglückbringenden Astralkonstellationen. Was hätte ich denn Ihrer Meinung nach tun sollen?»

«Unglück kann oft verhindert werden, wenn man es erkennt. Das ist doch der Sinn von Horoskopen. Es gibt zum Beispiel Sanatorien, wo solche Leute wie die Daum sicher untergebracht sind. Unter ärztlicher Aufsicht. Das wäre das einzig Richtige gewesen. Aber Sie haben nichts unternommen, Herr Doktor. Ich kann mir schon denken, warum. Wahrscheinlich wegen dem Geld.»

«Hören Sie doch auf, so einen Unsinn zu...»

«Sie sind auch auf dieses raffinierte Weibsstück reingefallen, wie der Hofer. Ich spüre das. Vielleicht könnte Hofer ohne diese Frau noch leben. Sie ist an seinem Tod schuldig. Es ist ihre Ausstrahlung, ihr Karma, diese Frau ist ein Fluch für jeden, dem sie über den Weg läuft. Wie eine schwarze Katze.»

«Frau Sauer, was Sie da vorbringen, ist unerträglich...»

Sie unterbrach ihn wieder. «Was halten Sie von Astrologie?»

«Gar nichts.» Steinberger stand auf. Er spürte leichte Kopfschmerzen. Der Rosenduft, vermutete er und öffnete das Fenster. Zenta Sauer blies die Kerze unter der Duftlampe aus. «Warum haben Sie nichts gesagt? Ich bin so sehr daran gewöhnt, daß ich gar nicht mehr merke, wenn er zu intensiv wird.»

«Die frische Luft tut uns beiden gut.» Steinberger setzte sich wieder und ließ das Fenster halb geöffnet. Ein Luftzug bewegte den Kartenhaufen auf dem Tisch. Einige fielen zu Boden. Zenta Sauer hob sie auf und sagte: «Ich wollte sie gerade befragen, bevor ich Ihr Klingeln an der Tür gegenüber gehört habe.»

«Lassen wir das jetzt, Frau Sauer», sagte Steinberger und schob die Karten beiseite. Eine davon drehte sich dabei mit dem Bild nach oben. Zenta Sauer wurde blaß, griff danach und steckte sie ganz unten in den Stoß. «Kommen wir zu dem zurück, was wirklich passiert ist. Herr Hofer hat Ihnen also im Treppenhaus von mir erzählt?»

«Ja.» Zenta Sauer wirkte gekränkt, schwieg erst einmal, sprach aber dann doch weiter, als Steinberger ihr auffordernd zunickte. «Also, das war so. Der Hofer ist ja ganz furchtbar ums Leben gekommen, auf dem Berg. Erfroren haben sie gesagt, die Kriminaler. Ein grausiger Tod, wirklich. Das hatte er nicht verdient, der Hofer selig.» Sie hob den Kopf und sah durch das Fenster in die Ferne, vorbei an dem kleinen Kastanienbaum im Hof bis zu der Stelle, an der die Fassadenkante des Nachbarhauses mit dem Horizont einen rechten Winkel bildete.

«Wenn ich mir das so vorstelle, da hängt ein Mensch zwischen Himmel und Erde, und keiner hilft ihm. Gebrüllt wird er haben, denk ich mir, laut brüllen konnte er ja; wir haben ihn oft genug durchs Haus gehört. Aber er hat nie ohne Grund gebrüllt. Die Daum hat ihn natürlich zur Raserei gebracht. Durch ihr Rumsitzen und Nichtstun. Er hat sie sogar verprügelt, aber das hat auch nichts geholfen.»

«Natürlich nicht.»

«Es hat nichts geholfen, weil sie es nicht anders gewollt hat.»

«Ach.» Steinberger stand auf. «Woher wissen Sie das?»

«Vom Hofer.»

«Sie waren wohl sehr vertraut mit Herrn Hofer?»

«Manchmal hat er jemanden gebraucht, mit dem er reden konnte. Er könnte Ihnen das alles viel besser erzählen. Aber das geht ja jetzt nicht mehr.» Ihre Stimme wurde leiser. «Niemand hat ihn gehört dort oben im Fels oder hören wollen. Das weiß man ja, wie hilfsbereit die Leute sind, heutzutage. Da kannst du dich auf nichts verlassen. Kennen Sie die Geschichte?»

«Ich habe in der Zeitung davon gelesen. War denn Frau Daum dabei?»

«Nein, eben nicht. Deswegen kann sie mit der Sache auch nichts zu tun haben. Jedenfalls nicht im üblichen Sinn.»

«Frau Sauer, bitte nicht schon wieder.»

«Ich meine ja nur. Ich bin mir auch gar nicht sicher, ob sie ihm hätte helfen können oder wollen. Vielleicht wäre sie auch nur blöd rumgestanden und hätte sich selbst bedauert. Nein, wirklich umgebracht kann sie ihn nicht haben. Das ist ja das Unheimliche dabei. Die Daum hat sich zwei Tage vor dem Malheur aus dem Staub gemacht. Als hätte sie so etwas geahnt. Das war übrigens das erste Mal, daß sie mich gebraucht hat. Dazu war ich ihr gut genug.»

«Sie hat Sie gebraucht?»

«Na ja, sie hat mir halt Bescheid gesagt, daß sie es nicht mehr aushält mit dem Hofer und ‹inneren Abstand› braucht; so hat sie es genannt. Und deshalb fliegt sie für ein halbes Jahr zu ihrer Schwester nach Kalifornien. Sie haben ja auch überhaupt nicht zusammengepaßt, die zwei. Er ein einfacher Arbeiter, Löwe, offen, geradeheraus, und sie Hochbauingenieurin.»

Die Berufsbezeichnung «Hochbauingenieurin» sang sie mehr, als daß sie dieses Wort sprach, und dabei verdrehte sie ihre Augen in Richtung Decke.

«Hatten Sie das Gefühl, daß sich Frau Daum deswegen überlegen fühlte?»

«Allerdings. Sie hat es ihn spüren lassen, wo immer sie konnte, obwohl er das Nötige für den Lebensunterhalt verdient hat. Mit dem bißchen Arbeitslosengeld wäre sie nicht weit gekommen. Das hätte gerade mal für die Miete gereicht. Übrigens, die Miete wollte sie per Bankauftrag weiter zahlen, wie bisher auch, und die Treppenhausreinigung sollte ich ihr machen. Das Geld hat sie mir im voraus gegeben. Sechsmal dreißig Mark. Der Hofer durfte ja auf keinen Fall wissen, wo sie ist, damit er nicht nachkommt und sie zurückholt.»

«Deswegen konnte ich Frau Daum nicht erreichen», meinte Steinberger mehr zu sich als zu Frau Sauer. «Haben Sie ihre Anschrift?»

«Freilich, die hat sie mir noch gegeben, falls irgend etwas ist. Na ja, jetzt ist ja was, wenn man so will. Die Polizei hat auch danach gefragt. Die Anschrift ist ja kein Geheimnis. Die durfte nur der Hofer nicht haben.» Zenta Sauer zog eine Schublade in ihrer Schrankwand auf und entnahm eine grüne Karteikarte. Darauf hatte Laura Daum handschriftlich ihre Adresse notiert. Steinberger übertrug sie in seinen Terminkalender. Irgend etwas fiel im Nebenraum klirrend zu Boden.

«Die Katze», sagte Zenta Sauer schnell, «das macht sie immer, wenn sie hungrig ist.»

Er glaubte ihr nicht, ohne dafür einen sachlichen Grund zu haben. Länger zu bleiben schien ihm sinnlos.

«Gut, Frau Sauer», sagte er und erhob sich. «Wenn Frau Daum vorzeitig von ihrem USA-Aufenthalt zurückkommen sollte, lassen Sie es mich bitte wissen. Hier ist meine Karte mit den Telefonnummern.»

«Sie können sich auf mich verlassen.» Zenta Sauer vermied es, ihn anzusehen. «Noch etwas, Herr Doktor, auch wenn Sie nichts davon halten, ich muß es Ihnen einfach sagen.»

«Ja?»

«Die Karte, die sich gedreht hat, als Sie den Stoß zusammenschieben wollten, erinnern Sie sich?»

«Was ist damit?»

«Sie bedeutet Tod.»

«Wessen Tod?»

«Meinen oder Ihren. Das kommt darauf an.»

«Worauf?»

«Von welcher Seite man es sieht.»

Zenta Sauer stand auf. Schweigend brachte sie ihn zur Tür.

«Behüt Sie Gott», sagte Steinberger, lächelte und reichte ihr die Hand.

Als er wieder auf der Straße stand, atmete er tief durch. Laura Daum hatte Zenta Sauer tatsächlich nie erwähnt. Eigenartig, bei so viel Antipathie von seiten der Hausmeisterin. Da müßte es doch einen Konflikt nach dem anderen gegeben haben. Wenn

Frau Sauer nicht log, dann hatte Laura Daum einiges in ihrer Analyse ausgespart.

Das beklemmende Gefühl, das ihm seit heute morgen im Nakken saß, war Angst. Das wußte er nun. Aber wovor? Hier gab es für ihn doch keine konkrete Bedrohung.

Der Zeitungsartikel, gut. Seine Patientin war verschwunden. Na und? All das konnte sich ja noch aufklären.

Und sein ungutes Gefühl? Wenn das so weiterginge, würde er noch die abergläubischste Freizeitastrologin in den Schatten stellen mit seinen Befürchtungen. Also alles Quatsch? Auf seine Intuition war bisher immer Verlaß gewesen.

Er überquerte die Straße, sah noch einmal zurück und meinte Zenta Sauer hinter dem Vorhang am Fenster zu sehen. Sie beobachtete ihn wieder.

Ärgerlich drehte er sich um und ging zu seinem Wagen.

Ein erster Blick auf das Armaturenbrett ließ ihn aufstöhnen. Es war bereits zwanzig Uhr. Er hatte sich sehr viel länger aufgehalten, als er eigentlich wollte. Zu Hause, auf seinem Schreibtisch, wartete noch jede Menge Arbeit. Er startete und fuhr zurück, Richtung Weilheim. Mit zunehmender Entfernung von Peißenberg wurde ihm wohler in seiner Haut.

VII

Die Terrassentür! Steinberger schreckte in seinem Sessel hoch. Die Scheibe war nicht zerbrochen, zum Glück. Das klirrende Geräusch kaum von dem metallenen Papierkorb, der jetzt in der Mitte des Raumes lag. Er war umgestoßen worden, als die Tür aufflog. Ich muß wohl für einen Moment am Schreibtisch eingeschlafen sein, dachte er und rieb sich die Augen. Das Deckenlicht blendete. Im Laufe des Abends hatte sich der Regen verstärkt. Heftiger Wind war aufgekommen. Er spürte deutlich die Kälte an seinen Beinen.

Zu allem Überfluß klingelte das Telefon. Er erhob sich, schob den Sessel zurück und streckte sich. Schlafen im Sitzen tat ihm nicht gut. Noch etwas steif, ging er durch den Raum und schloß die Tür.

Eigenartig. Seit wann sie wohl offenstand? Er jedenfalls hatte sie nach seiner Rückkehr nicht geöffnet, daran würde er sich erinnern. Aber wer dann?

Es klingelte noch immer.

Lustlos nahm er den Hörer ab.

«Steinberger.»

«Na endlich, Franz, warum nimmst du denn nicht ab?»

«Das kannst auch nur du sein, Elisabeth, weißt du, wie spät es ist?»

«Moment mal, zu normalen Zeiten bist du ja nicht zu erreichen, und auf deine diversen Wiedergabegeräte spreche ich nicht. Habe ich dich geweckt?»

«Ja, aber das ist ganz gut so. Ich bin mal wieder am Schreibtisch eingeschlafen.»

«Warum gehst du auch nicht ins Bett, wenn du müde bist.»

«Du weißt doch, wie das ist, Elisabeth. Ich habe da etwas, das mich nicht zur Ruhe kommen läßt. Darüber habe ich nachgedacht.»

«Es klappt nicht mit dem Abschalten.»

«Nein. Und was hast du auf dem Herzen?»

«Ich wollte wissen, wie du dich in der Angelegenheit mit Eva entschieden hast.»

«In welcher Angelegenheit?»

«Hat sie nicht mit dir gesprochen?»

«Nein, das heißt, sie hat in meiner Praxis mehrere Nachrichten hinterlassen. Ich sollte sie zurückrufen.»

«Und, hast du?»

«Ich bin nicht dazu gekommen.»

«Franz!»

«Franz, Franz, was soll denn dieser vorwurfsvolle Ton! Ich gehe tagsüber einem Beruf nach, der mich beansprucht. Das weiß

Eva ganz genau. Mit privaten Dingen kann sie mich privat belästigen, wenn es schon sein muß.»

«Das ist unfair. Sie steht unter Zeitdruck und braucht dich.»

«Erstens braucht sie nicht mich, sondern mein Geld. Mit der dezenten Bezeichnung ‹Angelegenheit› meinst du wahrscheinlich ihre letzte unverschämte Nachforderung. Es geht doch wieder um die Kreditabsicherung für diese blödsinnige Idee mit der Herrenboutique. Stimmt's?

Zweitens habe ich im Moment, weiß Gott, andere Sorgen.

Und drittens sind wir vor dem Gesetz geschieden, und zwar rechtskräftig. Ich schulde Eva nichts, mit Ausnahme ihres Unterhaltes, der üppig genug ist und regelmäßig bezahlt wird.»

«Darum geht es nicht, das weißt du genau.»

«Und worum geht es?»

«Darum, daß du ihr nicht verzeihen kannst, daß sie einen ‹Übermenschen› wie dich verlassen hat, um ihr eigenes Leben zu führen, ihre eigenen Werte zu leben...»

«Meinst du mit eigenen Werten den Unterhosenladen, den sie eröffnen möchte?»

«Es ist eine Herrenboutique. Du hast kein Recht, ihre Pläne so abzuwerten.»

«Zu mir hat sie was von Wäsche und Accessoires gesagt.»

«Natürlich verkauft sie da auch Wäsche. Na und? Woher hast du denn deine Klamotten? Wahrscheinlich aus einem Fachgeschäft, in dem eine reizende junge Dame...»

«Ich möchte nicht, daß meine Frau so etwas macht. Auch nicht meine Exfrau. Und schon gar nicht unter meinem Namen. Im übrigen lasse ich mich nur von Herren beraten.»

«Mein Gott, Franz, bist du prüde. Ich kann immer besser verstehen, daß Eva...»

«Elisabeth, halte dich da bitte raus. Diese Art von Gesprächen zwischen uns nimmt immer ein ungutes Ende. Heute habe ich dazu keine Nerven.»

«Das klingt nach einem Problem. Willst du darüber sprechen, oder soll ich wieder auflegen?»

«Nein, nein, bleib dran, vielleicht kannst du mir ja weiterhelfen.»

«Worum geht es denn?»

«Ich habe darüber nachgedacht, ob ich die Terrassentür geöffnet habe oder nicht.»

«Ach – so etwas hätte ich jetzt nicht vermutet. Was ist denn daran bitte wichtig?»

«Wenn ich es nicht war, dann war jemand hier im Zimmer, während ich am Schreibtisch geschlafen habe.»

«Fehlt etwas?»

«Nein, das nicht. Ich fühle mich bedroht.»

«Bedroht? Doch nicht durch Eva?»

«Unsinn, durch eine frühere Patientin. Aber das Ganze ist noch so unkonkret, daß ich es nicht so einfach am Telefon erklären kann.»

«Wenn das so ernst ist, wie es sich anhört, mußt du unbedingt zur Polizei.»

«Was soll die denn machen? Nein, ich muß wissen, ob hier jemand im Raum war oder nicht.»

«Dann erzähle mir doch mal Punkt für Punkt, was du getan hast, seit du um … Wann bist du nach Hause gekommen?»

«Ungefähr zwanzig nach acht.»

«Seit du um zwanzig nach acht vor deiner Wohnungstür ankamst. Ich spiele ganz gerne Detektiv.»

«Gut. Als ich die Tür aufschloß, klingelte das Telefon. Ich ging sofort ins Arbeitszimmer, weil ich hoffte, daß sich eine meiner ehemaligen Patientinnen bei mir melden würde.»

«Die, von der du dich bedroht fühlst?»

«Ja, aber es war wieder einmal einer jener Anrufer, die auflegen, wenn ich abnehme. Bei der Gelegenheit hörte ich gleich alle Tagesaufzeichnungen des Anrufbeantworters ab. Von ihr war keine Nachricht aufgesprochen.»

«Wäre das so wichtig gewesen?»

«Ja, sehr, ich muß wissen, wo sie ist.»

«Und warum?»

«Ich muß sie sprechen. Unbedingt. Wenn meine schlimmsten Befürchtungen stimmen, braucht sie dringend ärztliche Hilfe.»

«Das hört sich böse an.»

«Ist es auch. Ich kann dir nur leider nicht mehr erzählen.»

«Die Schweigepflicht, ich weiß. Deine heilige Kuh. Wie ging es dann weiter?»

«Ach so, ja, weiter habe ich nicht mehr viel getan. Was war das denn noch? Ich habe ein kurzes Gedächtnisprotokoll über ein Gespräch erstellt, meine Privatpost durchgesehen und die Unterlagen eben jener Patientin rausgesucht. Ich wollte da einiges noch einmal nachlesen. Danach habe ich mir einen Bocksbeutel roten Franken aus dem Keller geholt. Einen Segnitzer, meine Lieblingsmarke. Den Rohkostsalat, den Marie für den Abend in den Kühlschrank gestellt hat, habe ich stehengelassen. Ich hatte keinen Appetit. Dafür fand ich im Vorratsschrank eine Tüte gesalzener Pistazien.» Steinberger schob mit dem Handrücken die Schalen auf der Schreibtischunterlage zu einem kleinen Häufchen zusammen. «Danach habe ich in den Unterlagen geblättert, das erste Glas Wein getrunken und bin dabei wohl eingeschlafen. An der Tür war ich nicht.»

«Wahrscheinlich hat Marie vergessen, sie richtig zu schließen, bevor sie nach Hause gegangen ist. Das wäre doch eine Möglichkeit.»

«Das hätte ich sehen müssen.»

«Nicht unbedingt. Vielleicht war die Tür nur angelehnt. Das sieht man nicht auf den ersten Blick. Außerdem warst du übermüdet, da registriert man auch nicht alles sofort.»

«Hm.» Zu dem Häufchen auf der Schreibtischunterlage kamen nun auch noch die Schalen, die weiter entfernt über der Tischplatte verstreut lagen. Elisabeth sprach weiter.

«Jetzt reg dich nicht unnötig auf. Das kannst du alles morgen mit Marie klären.»

«Vielleicht!»

«Soll ich vorbeikommen?»

«Wozu?»

«Dir geht es nicht gut.»

«Ich bin zwar dein kleiner Bruder, aber mittlerweile volljährig.»

«Entschuldigung, ich meine es ja nur...»

«...gut, ich weiß, Elisabeth. Trotzdem vielen Dank Es war nett, daß du angerufen hast.»

«Halt, nicht so schnell. Jetzt hätte ich das Wichtigste beinahe vergessen.»

«Was denn?»

«Den eigentlichen Grund für meinen Anruf. Es geht um Marie. Ich bräuchte sie in der nächsten Woche für unsere ‹Nachbarschaftshilfe›.»

Steinberger begann aus den Pistazienschalen ein Männchen zu legen. Zuerst Kopf, Bauch, dann ein Gesicht mit einem großen lachenden Mund. «In Ordnung. Sie arbeitet ohnehin fast mehr für euren Verein als für mich.»

«Es ist ja für einen guten Zweck.»

«Hm.» Das Männchen bekam Arme und Beine.

«Bist du eigentlich zufrieden mit ihr?»

«Mit wem?»

«Mit Marie natürlich.»

«Mit Marie? Ja, sehr sogar. Ich wundere mich immer wieder über ihr erfrischend heiteres Wesen. Wenn ich nicht über dich von dieser scheußlichen Inzestgeschichte wüßte, ich käme nicht im Traum darauf, daß Marie jemals etwas anderes erlebt hat als eine harmonische Kindheit. Das Internat hat Wunder gewirkt.» Aus dem Männchen wurde ein Weibchen. Der runde Bauch bekam eine Taille und wurde unter einem Rock versteckt.

«Man hört auch nur Gutes von dort. Die Leitung hat eine Frau Hüber oder Hübner. Ich habe diese Hauswirtschaftsschule schon mehrmals weiterempfohlen.»

Das Weibchen bekam so etwas wie eine Bratpfanne in die Hand. «Marie macht das hier alles recht ordentlich. Genaugenommen arbeitet sie mir beinahe zu selbständig. Sie kocht zum Beispiel nicht, was mir schmeckt, sondern was gesund ist.»

«Ist doch toll, sie hat Verantwortung übernommen.»

«Du hast gut reden. Du bekommst nach einem langen Arbeitstag auch keine Spinatpastete in Gelee mit rohen Karottenraspeln.»

«Nein, ich brate mir eine fränkische Bratwurst, wenn ich mir etwas Gutes tun muß.»

«Na siehst du.»

«Macht sie außer Rohkost noch was anderes?»

«Gemüse, zum Beispiel, gedünstet, völlig fettfrei.»

«Das hat sie so gelernt. Das mußt du ihr schon lassen. Als Arzt solltest du übrigens froh sein, daß in den deutschen Küchen so eine Art Umdenken beginnt.»

«Solange es nicht meine ist, schon. Aber im Ernst, ich lasse sie. Wenn's mir auch schwerfällt.» Dem Pistazienweibchen fehlten noch eine Frisur und Ohren. Die Mundwinkel zog er nach unten. Es sah ausgesprochen mißmutig aus.

«Dann ist es ja gut.»

«Übrigens backt Marie ausgezeichnete Kuchen. Ich unterstütze sie darin so gut ich kann, jedenfalls beim Aufessen und Bewerten.»

«Ich weiß, die Rezepte tippt sie ja bei uns im Büro, nachdem du keinen PC hast.»

«Ich habe Frau Schneider.»

«Das ist natürlich noch praktischer. Jetzt halte ich dich nicht weiter auf, Franz, du bist sicher müde.»

«Stimmt. Trotzdem, weil wir gerade dabei sind, hast du was von ihren Eltern gehört?»

«Nichts Neues. Der Vater sitzt nach wie vor in der Justizvollzugsanstalt in Straubing ein, ungefähr noch ein Jahr.»

«Hat sie wieder Kontakt zu ihrer Mutter aufgenommen?»

«Soweit wir wissen, nicht. Die Mutter ruft von Zeit zu Zeit bei uns im Büro an und fragt, wie es ihr geht.»

«Marie muß selber wissen, wann es soweit ist.»

«Das haben wir Frau Maier auch gesagt.»

«Spricht Marie gelegentlich über den Prozeß?»

«Nein. Ich frage sie allerdings auch nicht nach diesen Dingen.»

«So etwas braucht Zeit. Ihr Zutrauen wächst, und irgendwann wird sie von selber davon erzählen. Vielleicht vertraut sie sich auch dir an. Immerhin bin ich ein Mann.»

«Für sie wohl eher ein Großvater.»

«Das Alter spielt bei so traumatisierenden Erlebnissen keine Rolle.»

«Ich bin froh, daß du sie damals trotz deiner Bedenken eingestellt hast. Das Mädchen braucht mindestens noch zwei Jahre in einem geschützten Raum.»

«Noch zwei Jahre Rohkost.»

«Ach Franz, ich weiß doch, was dir wichtig ist.»

«Du wirst sentimental.»

«In meinem Alter darf ich das.»

«Ich bin nach wie vor der Ansicht, daß sie in einem Haushalt mit einer Frau besser aufgehoben wäre, obwohl ich sie jetzt nicht mehr hergeben würde.»

«Wir haben damals ja nichts Geeignetes gefunden.»

Das Schalenweibchen bekam einen Namen. Pistazia schrieb er mit den Schalenhälften unter ihre Füße.

«Kommt Eva häufig zu dir?»

«Natürlich, die Scheidung von dir war keine Scheidung von mir.»

Pistazia bekam eine andere Frisur, die kurzen Locken wichen einer langen Mähne. Ihre Ähnlichkeit mit Eva war unübersehbar.

«Franz, ich fürchte, bei Eva verhärtest du dich. Sie hatte es nicht leicht an deiner Seite. Immer im zweiten Glied, immer am kürzeren Hebel. Und sie mußte durch die Scheidung viel aufgeben.»

«Sie hat die Scheidung eingereicht, nicht ich.»

«Sie war unter Zugzwang. Was sollte sie denn machen, um ihr Gesicht zu wahren? Immerhin lag sie mit einem anderen Mann im Bett, damals. Das war doch eine Witzblattsituation, wie sie grotesker gar nicht vorstellbar ist. Vielleicht hätten sich die beden verkrochen, wenn du ihnen die Möglichkeit dazu gegeben hättest, und alles wäre anders gekommen. Mein Gott, bin ich hier der Analytiker oder du? Die ganze Liaison hatte ja kein halbes Jahr gedauert. Jedenfalls, jetzt braucht sie eine Chance, Kapital und einen zweiten Bankbürgen. Zu allen drei Dingen kannst du ihr verhelfen.»

«Nur über meine Leiche. Ich denke nicht daran, ihren Größenwahn auch noch vorzufinanzieren. Abgesehen davon, daß sie alles mögliche ist, aber sicher keine Kauffrau.»

«Immerhin hat sie durch die Ehe mit dir fünfzehn Jahre verloren.»

«*Ich* habe durch die Ehe mit ihr fünfzehn Jahre verloren. Unwiederbringliche Jahre. Ich hätte zum Beispiel gerne Kinder gehabt und keinen Köter.»

«Sie wollte dich in deiner Arbeit unterstützen.»

«Ach was, sie hat mich benutzt.»

«Sie war bei dir in der Praxis!»

«Gegen meinen ausdrücklichen Wunsch. Die Ehefrau in der Praxis, das geht in den seltensten Fällen gut. Da gibt es zwangsläufig Kompetenzüberschreitungen. Du weißt doch genau, daß es ihr nicht um Mithilfe ging, sondern um Kontrolle.»

«Sie war eifersüchtig.»

«Ja, aber grundlos. Jetzt streiten wir schon wieder, Elisabeth. Ich möchte das heute abend eigentlich nicht mehr. Eure innige Freundschaft ist mir ohnehin unbegreiflich.»

«Unsere Freundschaft ist nicht innig. Aber ich lasse Menschen nicht einfach fallen, nur weil sich die familiären Bindungen geändert haben.»

«Ich glaube, wir machen jetzt besser Schluß. Aber eines würde ich gerne noch wissen, Elisabeth.»

«Ja?»

«Bist du ihr erster Bürge?»

«Ja!»

«Das ist unverantwortlich. Sie kann das nicht.»

«Du bist ungerecht, Franz, bei ihr bist du ungerecht.»

«Vielleicht. Gute Nacht, Elisabeth.»
«Gute Nacht, Franz.»

Er ging zurück in das Arbeitszimmer und stellte den Anrufbeantworter an. Für heute wollte er seine Ruhe haben. Elisabeth kam immer vom Hundertsten ins Tausendste. Er holte den Papierkorb, hielt ihn an die Schreibtischkante und ließ Pistazia alias Elisabeth alias Eva mit einem Handstreich darin verschwinden. Es war kühl geworden, und Steinberger griff in alter Gewohnheit nach seiner Jacke, die immer über der Stuhllehne hing. Er langte ins Leere. An der Garderobe lag ein warmer Pullover. Er holte ihn, schlüpfte hinein und überprüfte sicherheitshalber noch einmal, ob die Tür jetzt wirklich geschlossen war.

Der Regen hatte nachgelassen, und die nahe gelegene Straßenlaterne zeichnete große unregelmäßige Schattenrisse auf seine Gartenhecke. Er wußte, daß es nur der Wind sein konnte, der die Zweige bewegte, dennoch dachte er einen Moment, daß es beinahe so aussah, als würde sich eine kleine Gestalt hinter dem Liguster verbergen.

Er schloß energisch die Vorhänge. Dieser Spuk mußte schleunigst ein Ende haben.

Es war erst dreiundzwanzig Uhr vorbei, und ihm blieb noch etwas Zeit, um die Protokolle von Frau Daum durchzusehen.

Bei einem weiteren Glas Rotwein fand er, was er suchte.

Da gab es einmal eine Phase, in der sie auf ihn sehr depressiv gewirkt hatte, ihr fehlte nach eigenen Worten die Luft zum Atmen. Aus dieser Zeit stammte folgender Text:

VIII

Wie beschreibe ich die Farbe Schwarz?

Nein, es genügt nicht, wenn Sie die Augen schließen und den Kopf in den Nachthimmel heben.

Selbst wenn dort kein Stern zu sehen ist, der durch Ihre geschlossenen Lider dringt und sanfte graue Konturen ins Dunkel zeichnet,

er könnte in Ihren Gedanken sein, alleine das Wissen um seine Existenz nimmt jedem Schwarz den Schrecken.

Mein Schwarz ist schwärzer.

Ich spüre es an meinem Körper, wie es Zentimeter um Zentimeter meinen nackten Leib umhüllt, mich umschließt.

Nein, nicht wie eine Hülle, sie würde wärmen, kühlen, kleiden, wäre meßbar und dadurch auch von mir zu trennen.

Mein Schwarz geht tiefer.

Halten Sie einen Moment den Atem an, vielleicht können Sie die Schwingungen spüren, die meinen Pulsschlag weitergleiten lassen, durch alle Nacht hindurch in Ihre Nähe.

Nein, nicht wie ein Largo von Vivaldi, nicht wie diese wunderbaren melancholischen Melodien, die in Trauer trösten.

Mein Schwarz ist stumm.

Es ist nicht unter mir, wie ein Abgrund, vor dem ich mich nur hüten sollte, es ist nicht über mir, so daß ich nur darauf achten müßte, daß es mich nicht unter sich begräbt.

Es ist in mir, ich bin es, und es ist ich.

Nein, möchte ich schreien, nein, so stimmt das nicht.

Das allein macht mich nicht aus.

Da gibt es mehr. Mein Herz, zum Beispiel, das lieben kann,
rot, rot, rot, nicht schwarz.

Und meine Haut, die Zärtlichkeit und Schmerz erfühlt mit jeder Nervenfaser, zart und stark, rot und weiß.

Und meine Kraft und Energie, die bewegen können, annehmen, gestalten, ablehnen, rot und weiß und gelb.

Und die Welt meiner Phantasie, die hoffen kann, wieder und wieder und immer wieder, rot, weiß, gelb, grün.

Sehen Sie, das ist ein Regenbogen.

Er ist in mir, in meinem Kopf, in meiner Brust, in meinem Schoß.

Sehen Sie doch hin um Gottes willen, bevor er schwindet.

Jetzt ist er weg.

Sie haben viel zu lange geradeaus gesehen.

Mein Schwarz ist nicht vergänglich.

Nichts kann nicht schwinden.

Sie können mich erlösen.

Wie?

Ich forme eine Kugel aus dem Schwarz und mache mich auf den Weg.

Sie ist jedoch nicht nur tiefschwarz.

In ihr ist alles andere schon überwunden, und diese Reinheit macht die Farbe schön.

Was tragen Sie,

fragen Sie,

als ich endlich durch Ihre Tür trete.

Sie lächeln Ihr Lächeln,

ich trage mein Schwarz und ahne, es sind meine Augen, die ich heute in Ihre Hände gebe.

IX

Spüren Sie meine Hilflosigkeit,
sehr geehrter Herr Dr. Steinberger?
Worte, immer nur Worte.
Was sagen die schon.
Egal ob ich spreche oder schreibe.

Wenn es nur ein adäquateres Mittel gäbe, Sie an meinen Gefühlen teilnehmen zu lassen. Die einzige Möglichkeit wäre, einfach zu leben, was in mir ist, doch genau dies geht bei uns nicht.

Da gibt es einen Wissenden und eine Unwissende; einen Gesunden und eine Kranke; einen, der sitzt, und eine, die liegt; eine Metaebene und ein subjektives Erleben;
Mauern, Mauern, Mauern.
Ich versuche es dennoch.
Es gibt einen Weg, ich will ihn finden.

Mit Dankbarkeit: Laura Daum

X

Die Nacht war kurz. Steinberger konnte keine Ruhe finden. Er hatte von Laura Daum geträumt. Einzelheiten erinnerte er kaum mehr. Doch kurz vor drei Uhr, als er erwachte, schweißnaß und erschöpft, war er sich sekundenlang sicher, ihre Stimme im Garten zu hören. Im nächsten Moment war alles wieder ruhig.

Ich muß das nasse Zeug loswerden, dachte er, stand auf, wechselte den Schlafanzug und schloß das Fenster. Auf dem Weg zum Bett sah er bewußt an dem großen Wandspiegel vorbei. Jetzt war nicht die Stunde für Wahrheiten. Den Rest dieser Nacht wollte er freundlich mit sich sein. Nach zwei Schritten ging er zurück. Der Zeitpunkt, an dem man sich selber gegenübersteht, kommt immer ungelegen. Warum dann nicht jetzt.

Er sah in den Spiegel. Es war nicht ganz so schlimm, wie er befürchtet hatte. Er erblickte einen schmalschultrigen, hochgewachsenen Mann. Alt, war sein erster Gedanke, älter als man Mitte Fünfzig sein sollte, eingefallen, fahl. Ist es das Licht, überlegte er, oder die Wahrheit? Er entschied sich für ersteres und ging einen Schritt auf sein Spiegelbild zu. Um diese Uhrzeit sah niemand vorteilhaft aus. Mit der Hand fuhr er über seine Wangen, spürte kurze Bartstoppeln und ermattete Haut. Über Brust und Becken warf der Schlafanzug Falten. Er straffte seine Haltung, es half. Immerhin, wenn er den Bauch einzog, war die Bauchdecke noch so fest wie vor dreißig Jahren. Tennis ist in der vergangenen Woche zu kurz gekommen und Ruhe. Vorsichtig sah er nach der lichten Stelle am Hinterkopf. Sie konnte noch problemlos überdeckt werden. Vorerst war das genug. Er trat wieder einen Schritt zurück. Jetzt konnte er seinem eigenen Blick länger standhalten, und wenn er von den tiefen, dunklen Ringen unter seinen Augen einmal absah, war er nicht unzufrieden.

Es war kühl im Raum. Er ging in sein Bett. In den Schlaf fand er nicht mehr. Auf dem Rücken liegend, beobachtete er durch die große Glasfront seines Zimmers, wie der Morgen heraufzog. Schon lange nicht mehr hatte er den Himmel seine Farbe wechseln sehen. Ein Kirchenlied aus seiner Schulzeit ging ihm durch den Kopf: «Die Nacht ist vorgedrungen, der Tag ist nicht mehr fern. So sei nun Lob gesungen dem hellen Morgenstern.» Er summte die Melodie leise vor sich hin. Der weitere Text war ihm entfallen. Schade! – Nein, jetzt wußte er wieder weiter: «Auch wer zu Nacht geweinet, der stimme froh mit ein. Der Morgenstern bescheinet auch deine Angst und Pein.»

Schön, dieses Lied, der Morgenhimmel, die Stille, die ganz allmählich durch Vogelgezwitscher abgelöst wurde. Er wurde ruhig, seine Glieder schwer, und seine Gedanken verloren sich irgendwo im Morgengrauen bei Gott. Er schlief ein.

Als Steinberger erneut erwachte, durchzog angenehmer Kaffeeduft die Räume. Marie rumorte in der Küche. Ihr unbeschwertes Singen, sie trällerte etwas von Liebe und Leidenschaft, holte ihn schnell zurück zu seinen Tagesgeschäften.

Sie strahlte ihn an, als er ihr in der Diele entgegenkam.

«Das kann nicht nur der schöne Morgen sein, daß Sie so fröhlich sind, Marie.»

«Nein, nein, ich habe einen richtigen Grund. Wo möchten Sie frühstücken? Hier oder auf der Terrasse?»

«Draußen. Aber zuerst verraten Sie mir, was Sie so glücklich macht, oder ist das ein Geheimnis?»

«Seit ich bei Ihnen bin, muß ich keine Geheimnisse mehr haben.»

«Wirklich?»

«Fast keine, jedenfalls das ist keines.»

Marie ging in die Küche zurück und durchkramte ein Körbchen mit Post. Er folgte ihr, blieb unter dem Türrahmen stehen und sah sie abwartend an. Leicht nach vorn gebeugt, auf den Zehenspitzen wippend, eine weiße Leinenschürze um die schmale Taille gebunden, hatte sie etwas Leichtes, Elfengleiches, und zum erstenmal konnte er sich vorstellen, daß sie in ihrem Vater Gefühle wachrief, denen dieser nicht gewachsen war. Er schüttelte sich kurz, als wolle er solche Gedanken weit von sich weisen. «Also, machen Sie es nicht so spannend, Marie.»

«Erinnern Sie sich an die Marzipanplätzchen mit der bitteren Orangenmarmelade, die ich Weihnachten gebacken habe?»

«Nur zu gut. Sie waren unwiderstehlich und haben meine Selbstdisziplin auf eine harte Probe gestellt.»

«Sie können sich das doch leisten.»

Er lächelte. «Sie hatten sie Yin und Yang genannt, stimmt's?»

«Richtig. Die dunklen Yin und die hellen Yang.»

Nun ging sie den Stapel Briefe zum zweitenmal durch. «So etwas Verrücktes.» Sie richtete sich auf, leicht erhitzt, und sah ihn an. «Gerade war er noch da. Er lag gestern im Briefkasten. Ich war zu der Zeit beim Einkaufen. Sonst hätten Sie ihn natürlich schon gestern gesehen.»

«Wen denn, Marie?»

«Den Beweis, ich meine den Brief, die Benachrichtigung. – Schade.»

«Können Sie mir das nicht so sagen?»

«Doch», sie stellte das Körbchen in den Küchenschrank zurück, «aber anders wäre es offizieller gewesen. Also, Yin und Yang haben den ersten Preis in dem Backwettbewerb des Gourmet-Verlages gewonnen.»

«Das ist ja großartig. Herzlichen Glückwunsch.»

«Danke.» Marie strahlte.

«Was haben Sie denn gewonnen?»

«Wahnsinnig viel Geld.»

«Ja?»

«Ja, fünftausend Mark. Und was das Tollste ist, mein Rezept erscheint in einem Weihnachtsbackbuch, das im Herbst auf den Markt kommt. Mit einem Bild von mir und meinem Namen darunter.»

«Das freut mich für Sie, Marie. Machen Sie weiter so, es bleibt sicher nicht Ihr einziger Erfolg.»

«Ich bin schon dabei. Wie fanden Sie es denn gestern abend?» Sie sah ihn erwartungsvoll an.

«Was meinen Sie, Marie?»

«Na, das Abendessen, Herr Doktor.»

«Richtig, der Rohkostsalat, er ist Ihnen sicher wieder gut gelungen. Nur, ich hatte gestern abend überhaupt keinen Appetit. Also bitte nicht böse sein.»

«Den meine ich auch, aber vor allem meine neue Kreation.»

«Welche Kreation denn?»

«Mein Joghurt-Kiwi-Törtchen.» Marie lief in die Küche und öffnete die Kühlschranktür.

«Sie haben es auch nicht gegessen. Das finde ich aber schade.»

«Ich auch.» Steinberger war ihr in die Küche nachgekommen.

«Ich habe es gestern abend gar nicht bemerkt. Dabei sieht es so verlockend aus.»

«Sie könnten es doch zum Frühstück probieren, bitte, ich möchte dieses Rezept auch zu einem Backwettbewerb einschikken. Aber nur, wenn es Ihnen schmeckt.»

«Wenn Sie mir dazu eine Kanne schwarzen Kaffee und die Zeitung bringen, gerne.»

«Sofort.» Marie ging singend in die Küche.

Steinberger zog sich auf seinen Lieblingsplatz, die kleine Terrasse vor seinem Arbeitszimmer, zurück und hoffte auf ungestörte zwanzig Minuten.

Durch den Regen der vergangenen Nacht lag ein Schleier von warmer Feuchtigkeit über dem Gärtchen. In dem Rasenstück vor ihm glänzten die restlichen Wassertropfen wie kleine silberne Zuckerperlen, die er aus seiner Kindheit kannte. Er mochte diese Atmosphäre sehr, nie sonst ist die Luft so klar, rein, erdig und echt. Während er gedankenverloren auf die gelben Schlüsselblumen sah, die sich an manchen Stellen zwischen den bereits verblühten Schneeglöckchen hervorwagten, entdeckte er im Erdreich Abdrücke. Er verließ seinen Frühstücksplatz, um sich dieses Phänomen genauer anzusehen, und stellte fest, daß er sich nicht getäuscht hatte. Eindeutig Abdrücke von Damenschuhen mit einem leichten Absatz, etwas tiefer eingedrückt als die Sohle. Die Spuren waren nicht mehr alle sichtbar, könnten aber zu seiner Terrassentür geführt haben. Als Marie das Tablett mit dem Kaffee brachte, sah er unwillkürlich zu ihren Füßen. Die Größe könnte stimmen, nur trug Marie immer flache, leichte Lederschuhe, die entfernt an Gymnastikschuhe erinnerten.

«Waren Sie heute oder gestern hier im Garten, Marie?» Er wollte ganz sichergehen.

«Nein, das Gärtchen habe ich mir nächste Woche vorgenommen, wenn der Abgabetermin für meinen Backwettbewerb vorüber ist. Ich muß doch noch an meinem Rezept für den Rotweinkuchen etwas verbessern. Das reiche ich auch ein. Es ist noch nicht ganz so, wie ich es mir vorstelle. Warum fragen Sie?»

Es klingelte an der Tür. «Das ist die Post», rief Marie und war schon verschwunden, ehe er antworten konnte.

Steinberg setzte sich. Der Kaffee tat gut, das Törtchen auch. Marie hatte dafür eine eindeutige Begabung. Ihre Backwerke hatten keine Ähnlichkeit mit der Schwere, Süße und Pappigkeit der üblichen Torten, sondern vermittelten mehr eine Ahnung von Kuchen. Dieses hier war federleicht, ein Traum aus herbsüßer Joghurtcreme mit einem kleinen säuerlichen Anklang von Zitrone, darüber fruchtig-frische Kiwischeiben, getragen von einem zarten, süßen Nußbiskuitboden.

«Reichen Sie das Rezept ein.» Steinberger stellte das Tablett mit dem Frühstücksgeschirr neben Marie auf den Küchentisch. «Ich bin sicher, Sie werden auch dafür einen Preis bekommen. Und irgendwann einmal gibt es ein eigenes Backbuch, mit den verführerischen Rezepten von Marie Maier.»

«Wenn Sie das sagen.»

Marie sah ihn an, unverwandt, direkt, mit ihren offenen blauen Augen. Er war schon wieder versucht zu denken, so bitter können ihre Erfahrungen nicht gewesen sein, wenn sie einem Mann mit diesem freien Blick begegnen kann, als er sah, daß sich ihre Augen mit Tränen füllten.

«Marie, was ist denn los? Gerade waren Sie noch so fröhlich.»

«Ich muß weg.»

«Jetzt gleich?»

Sie nickte.

«Warum?»

«Ich ...» Sie versuchte zu antworten, aber es gelang nicht. Ihre Tränen ließen sich nicht mehr halten. Sie schluchzte. Unbeholfen versuchte sie all dessen Herr zu werden, indem sie immer wieder mit dem Handrücken über Wangen und Nase wischte, brachte aber keinen Satz zustande. Er reichte ihr ein Päckchen Taschentücher, legte seinen Arm um ihre Schulter, führte sie in die Diele und deutete auf einen Stuhl.

«Setzen Sie sich, und beruhigen Sie sich erst einmal.»

Er setzte sich so, daß er sie ansehen konnte.

«Aber Sie müssen doch weg?» Marie begann wieder zu weinen.

«Glauben Sie wirklich, ich gehe weg, solange es Ihnen schlechtgeht?»

«Aber Sie müssen doch.»

«Jetzt reden wir nicht darüber, was ich muß, sondern was Sie bedrückt.»

Marie sah ihn an. Wortlos zog sie eine Ansichtskarte aus der Schürzentasche.

«War das vorhin bei der Post?»

«Ja.»

«Darf ich?» fragte er, als sie ihm die Karte entgegenhielt. Es war eine rhetorische Frage, denn er begann schon die sehr kleinen, durch Maries Tränen etwas verwischten Schriftzeichen zu entziffern. «Mein süßer Schatz», stand dort in Druckbuchstaben, «es war gar nicht einfach in Erfahrung zu bringen, wo Du arbeitest. Aber wie Du siehst, bekomme ich immer, was ich mir in den Kopf setze. In zwei Tagen komme ich hier raus. Dann werden wir einiges klären, so wie ich es Dir versprochen habe. Ich komme.»

Die Vorderseite zierte eine Luftaufnahme von Straubing.

«Ihr Vater?»

Marie nickte wieder. «Der Poststempel», stammelte sie unter erneutem Schluchzen. «Sehen Sie auf den Poststempel. Er hat sie vor zwei Tagen abgeschickt. Wenn er ‹in zwei Tagen› schreibt, dann ist das heute.»

Ausgerechnet jetzt hatte sie ihre Vergangenheit eingeholt, ausgerechnet jetzt, zwischen Tür und Angel, wo er einfach keine Chance hatte, ihr so beizustehen, wie er es gerne getan hätte.

«Das, was da steht, das Versprechen, ist in Wirklichkeit eine Drohung. Ich weiß gar nicht, wie ich Ihnen das alles so schnell erklären soll.»

«Ein bißchen weiß ich ja schon. Und über ‹alles› können wir noch heute abend oder in den nächsten Tagen in aller Ruhe reden.»

Marie wurde blaß. «Was wissen Sie?»

«Ich weiß von dem Prozeß und von Ihrer tapferen Aussage.»

«Die ganze Zeit haben Sie es gewußt?»

«Ja.»

«Ich wollte nicht, daß Sie es erfahren.»

«Aber jetzt ist es doch gut, daß wir nicht ganz von vorn anfangen müssen. Oder?»

«Trotzdem, ich wollte es nicht. Vor allem, daß Sie mich so sehen, mit diesem Schmutz. Bei Ihnen wollte ich so sein wie ich gerne wäre. Nicht fehlerfrei, aber eben so wie... ach, ich weiß nicht.»

«...so wie Gott Sie gedacht hat.»

«Ja, damit Sie mich mögen, und...»

«...und damit Sie sich selber mögen. Das ist noch viel wichtiger. Das ist ein weites Feld, Marie, und wir werden uns in den nächsten Tagen dafür viel Zeit nehmen, das verspreche ich Ihnen. Im übrigen habe ich Sie schon längst ins Herz geschlossen, und das wissen Sie auch, trotz oder gerade weil ich etwas über Ihre Biographie erfahren habe.»

Er stand auf, ging nach nebenan und erfragte über die Auskunft die Nummer der Justizvollzugsanstalt Straubing. Dort erfuhr er, daß Herr Maier tatsächlich vorzeitig entlassen würde, und zwar heute um elf Uhr.

«Also, Marie», sagte er beim Zurückkommen. «Das ist eine gute und eine schlechte Nachricht. Daran, daß Ihr Vater freikommt, können wir nichts ändern. Früher oder später wäre das ohnehin passiert.»

«Und was ist daran gut?»

«Der Zeitpunkt. Wenn er um elf Uhr freikommt, kann er nicht vor dreizehn Uhr hier sein. Bleiben Sie trotzdem ab sofort im Haus, und öffnen Sie niemandem die Tür. Sie haben ja für Ihren Wettbewerb genug zu tun. Gegen Mittag kommt meine Schwester vorbei. Sie wollte Sie bitten, ob Sie in den nächsten Tagen in der Nachbarschaftshilfe einspringen können. Das ist gar keine schlechte Lösung für Sie, denn dann sind Sie hier nicht erreichbar.»

«Außerdem mache ich es gern.» Marie lächelte.

«Na also, es geht ja schon wieder.» Steinberger strich ihr zärtlich über die Haare. «Wir werden eine Lösung finden, Marie, aber jetzt muß ich in die Praxis. Bitte rufen Sie Frau Schneider an und sagen Sie ihr, daß ich einige Minuten später komme. Und achten Sie darauf, daß alle Türen und Fenster verschlossen sind. Gestern war das möglicherweise nicht der Fall. Wenn es Probleme gibt, rufen Sie in der Praxis an, in der Nachbarschaftshilfe oder notfalls auch bei der Polizei. Wir schaffen das schon.»

«Ich gehe gleich noch einmal durch alle Räume.» Marie wirkte schon wieder etwas gefaßter.

«Kann ich den Rotwein aus Ihrem Arbeitszimmer haben?»

«Gerne, wenn Ihnen danach ist.»

«Aber doch nicht für mich, er ist für mein Rezept.»

«Dann viel Erfolg. Heute nachmittag rufe ich Sie an, um zu sehen, wie es Ihnen geht, und heute abend warten Sie auf mich. Einverstanden?»

«Ja, danke.»

Marie hatte ihn bis zum Auto begleitet. Als er losfuhr, sah er das Mädchen im Rückspiegel immer kleiner werden. Sie wirkte beinahe kindlich mit ihrem dicken blonden Pferdeschwanz. Lange winkte sie ihm nach.

XI

Das erste, womit Liselotte Schneider ihren Chef empfing, als dieser die Praxis betrat, war die Nachricht: «Die Polizei ist da, Kriminalpolizei! Zwei Herren.» Dabei flüsterte sie.

«Wer?» Steinberger blieb unter der offenen Tür stehen.

Sie senkte ihre Stimme noch weiter und deutete auf den Raum hinter sich. «Zwei Herren von der Kriminalpolizei!»

Im Grunde wollte er gar nicht wissen, was sie sagte. Im Moment kam einfach alles zu dick. Laura Daum, der wenige Schlaf, die Geschichte mit Marie und nun dieses alberne Genuschel.

«So reden Sie doch laut, verdammt noch mal.» Er kam auf sie zu.

Liselotte Schneider atmete tief durch und wiederholte, diesmal eine Spur zu laut: «Es warten zwei Herren von der Polizei...»

Steinberger winkte ab. Er hatte sie also richtig verstanden. Wenn man den Teufel nennt..., dachte er im ersten Moment und gleich darauf: Unsinn, wegen Marie konnten sie nicht gekommen sein. Da war bisher nichts passiert, und so Gott will, würde man das auch zu verhindern wissen. Also blieb nur Laura Daum. Jetzt hörte er förmlich, wie sein ganzes schönes Kartenhaus aus Theorien für einen harmlosen Unfall des Siegwart Hofer in sich zusammenfiel. Kriminalpolizei! Das war kein gutes Zeichen. Er schob seinen Schlüssel in die Manteltasche und öffnete umständlich die Gürtelschnalle. Wie kommen die eigentlich auf mich? Das konnte nur über Frau Daum selber laufen. Sie war wohl aus den Staaten zurückgekommen. Ob sie ihn als Referenz genannt hatte? Möglicherweise wurde sie in Haft genommen. Er fühlte sich unwohl bei dem Gedanken, daß er erleichtert wäre, wenn Laura Daum bis zur Klärung ihrer Unschuld erst einmal hinter Schloß und Riegel... Unschuld? Natürlich war sie unschuldig, denn wenn sie tatsächlich schuldig wäre, wäre er es irgendwie auch. So falsch lag da Frau Sauer mit ihrer Hypothese gar nicht, trotz aller Horoskopspinnereien. Wie auch immer, Hauptsache, sie war da, und er konnte mit ihr reden.

Er hoffte wieder und wurde eine kleine Spur freundlicher. «Wo sind sie?»

«Sie sind im Gruppenraum. Ich habe ihnen eine Tasse Kaffee gebracht. Möchten Sie auch?»

«Nein, danke.»

Steinberger drückte Frau Schneider seinen Mantel und seine Tasche in die Hand. Er öffnete die Tür des Gruppenraumes, drehte sich noch einmal um und rief ihr zu: «Bitte entschuldigen Sie mich bei Frau Becker, und geben Sie ihr den Termin in fünfzig Minuten. Der müßte noch frei sein. Sie kann gleich hierbleiben.»

«Die kommt nicht. Sie hat vor einer halben Stunde telefonisch abgesagt. Sonst hätte ich die Herren natürlich nicht warten lassen. Soll ich ihr einen neuen Termin geben?» Frau Schneider lächelte schadenfroh.

«Ja, bestellen Sie die Frau her, und sagen sie ihr, das ist der letzte Termin, den sie von mir bekommt. Wenn sie da nicht erscheint, betrachte ich unser Behandlungsbündnis als beendet.»

Steinberger schloß die Tür hinter sich und behielt den Türgriff etwas länger in der Hand, als es notwendig gewesen wäre.

Die beiden Beamten saßen mit dem Rücken zum Fenster an dem großen runden Konferenztisch in der Mitte des Raumes. Sie erhoben sich. Die Herren machten sich miteinander bekannt und nahmen wieder Platz, Steinberger ihnen gegenüber.

«Ich bin froh, Sie zu sehen», sagte er, als er sich in seinem Sessel zurücklehnte, «das erspart mir einen Anruf.»

«Das hören wir selten.» Der ältere der beiden Beamten, der sich als Kriminalhauptkommissar Hiller vorgestellt hatte, lachte.

«Das glaube ich», Steinberger suchte in den Taschen seines Jacketts nach Maries Ansichtskarte, «nur der Grund ist leider nicht lustig. Schade, jetzt wollte ich Ihnen gleich zeigen, warum ich Ihren Rat brauche, aber ich habe die Postkarte leider zu Hause liegen gelassen. Wahrscheinlich bin ich bei Ihnen ohnehin im falschen Dezernat.»

«Was war das für eine Postkarte?»

«Meine Haushälterin, die vor zwei Jahren in einem Notzuchtprozeß gegen ihren Vater ausgesagt hat, bekam heute eine Ansichtskarte von ihm aus Straubing, mit der er seinen Besuch ankündigte. Sie fühlt sich durch diesen Mann bedroht.»

«Steht auf der Karte eine Drohung?»

«Nur indirekt. Frau Maier fürchtet aber, daß er sich an ihr rächen will. Wirklich schade, daß ich die Karte nicht bei mir habe. Sie ist sehr geschickt formuliert.»

«Wenn keine akute Drohung ausgesprochen ist, können wir ohnehin nichts machen. Ist sie allein zu Hause?»

«Im Moment schon, gegen Mittag kommt meine Schwester.»

Hiller zog aus seinem Mantel, den er neben sich über einen Sessel geworfen hatte, einen Kugelschreiber und ein kleines dikkes Notizbuch. Er öffnete es, strich mit beiden Händen fest über die Seiten und schob es mit einem Bleistift über den Tisch. «Bitte schreiben Sie uns Ihre Privatadresse auf. Mein Kollege Strohmaier wird nachher veranlassen, daß einer unserer Streifenwagen regelmäßig bei Ihnen vorbeifährt. Mehr können wir leider nicht tun. Erfahrungsgemäß ist in solchen Fällen die Angst der potentiellen Opfer größer als die reale Bedrohung. Ich weiß, das ist ein schwacher Trost, aber besser als nichts. Lassen Sie die Frau so wenig wie möglich allein.»

Steinberger gab ihm das Büchlein zurück, er reichte es an Strohmaier weiter.

«Danke.» Steinberger war erleichtert. «Ich werde ihr gleich nachher Bescheid sagen. Das wird sie beruhigen.»

Hiller nickte. Strohmaier starrte die ganze Zeit auf eine Sammlung glattgeschliffener Steine, die auf dem Tisch in einer flachen Glasschale lagen.

«Es sind Isarkiesel», sagte Steinberger und wendete sich ihm zu.

«Ich sammle auch Steine», begann Strohmaier, als versuche er etwas zu erklären. «Aber von droben, vom Berg. Felsabbrüche mit verschiedenen Moosen und Flechten. Einige sind viele hundert Jahre alt, einige Flechten. Die Steine sind natürlich noch älter.»

«Holen Sie Ihre Steine in den Bayerischen Alpen», fragte er und wollte eigentlich wissen, «kennen Sie sich aus zwischen Herzogstand und Heimgarten?»

«Auch.» Strohmaier lehnte sich locker in dem weißen Schwingsessel zurück und ließ ihn etwas nachfedern. «Vor allem aber klettern wir, meine Freunde und ich, in der Schweiz und Südtirol.»

Du willst mir sagen, daß du ein echter Profi bist, dachte Steinberger, und nicht nur hier vor unserer Haustür kletterst. Er schwieg und hoffte, daß Hiller nun mit seinem Anliegen herausrücken würde. Seine Zeit war begrenzt, und er mußte wissen, ob sich Laura Daum inzwischen gemeldet hatte.

Hiller war beschäftigt. Vorhin kramte er in seinem Mantel, jetzt suchte er etwas in seinem Jackett. Steinberger tat sich schwer, seine Ungeduld zu verbergen. Trotzdem, Hiller war ihm sympathisch. Er erinnerte ihn rein äußerlich an seinen Doktorvater, Wirt hieß er, der gleiche hohe Haaransatz, die dünnen braunen Haare, die am Hinterkopf schon ganz verschwunden waren, der Backen- und Oberlippenbart und vor allem die gleichen kleinen lebhaften Augen. Er war der Typ Mann, mit dem man gerne in einem fränkischen Weinlokal sitzt, um bei einem Abendschoppen über Gott, die Welt, Ethik und die Grenzen der ärztlichen Kunst zu diskutieren. Jedenfalls hatte sich sein Professor damals die Zeit dazu genommen, und er dachte heute noch gerne daran zurück. Nur jetzt hatte er diese Zeit leider nicht. Nach knapp dreißig Sekunden unterbrach er die Stille.

«Was führt Sie zu mir?» Genau so hatte er in der Akademie gelernt, wie man ein therapeutisches Gespräch eröffnet. Nicht etwa mit «Was kann ich für Sie tun?» Das signalisiert viel zuviel Hilfsbereitschaft, noch bevor sich der Patient darüber im klaren ist, ob und wie ihm geholfen werden kann.

Kommissar Hiller suchte noch immer irgend etwas in seinem Jackett und schwieg. Steinberger sah ihm weiterhin aufmerksam zu. Es hatte keinen Sinn, ihn zu drängen. In seiner linken Brusttasche fand Hiller seine Brille, putzte sie und setzte sie auf die Nasenspitze.

Weitsichtig, dachte Steinberger. Hoffentlich ist er das auch sonst. Er lächelte ihm aufmunternd zu.

Hiller lächelte ebenfalls.

«Eigentlich wissen wir gar nicht so genau, Herr Doktor, was uns letztlich zu Ihnen führt. Vor allem ist es wohl das ungute Gefühl, das ich immer habe, wenn ich einen Fall abschließen muß, der nicht geklärt werden konnte.»

«Worum geht es denn eigentlich?»

«Ach so, das haben wir noch gar nicht gesagt. Es geht um die

Todesumstände des Siegwart Hofer, der mit Frau Daum zusammenlebte. Als wir die Wohnung heute morgen freigaben und Frau Sauer den Schlüssel überließen, erzählte sie uns von Ihrem Besuch. Nachdem Sie dort freundlicherweise Ihre Karte hinterlassen hatten, sind wir im Anschluß daran gleich zu Ihnen gekommen.»

«Und?»

«Kannten Sie Siegwart Hofer?»

«Nicht persönlich.»

«Warum interessieren Sie sich für den Tod eines Menschen, den Sie nicht kannten?»

«Ich sagte, ich kannte ihn nicht persönlich. Ich wußte von Herrn Hofer aus Frau Daums Erzählungen. Und Frau Sauer habe ich nicht angesprochen, um etwas über die Todesumstände von Herrn Hofer zu erfahren, sondern über den Aufenthalt von Laura Daum. Ist das ein Verhör?»

«Nein.» Hiller lächelte. «Das ist ein Gespräch, Herr Doktor. Wir würden der Sache gerne auf den Grund gehen, und dazu muß ich mehr über die Person Hofer erfahren. Ich kann mir sonst kein Bild machen.»

«Dabei kann ich Ihnen leider nicht helfen, wie gesagt, ich kannte ihn nicht.» Steinberger lehnte sich zurück.

«Was hat denn Frau Daum über Hofer erzählt?» fragte Strohmaier.

«Frau Daum ist meine Patientin. Alles, was sie mir erzählt hat, unterliegt meiner ärztlichen Schweigepflicht.»

Hiller stand auf und ging einige Schritte auf und ab. Steinberger war fasziniert. Genau wie Wirt, der gleiche Gang.

«Schade, gibt es da eine Ausnahme?»

Und die gleiche Hartnäckigkeit. «Leider nein, es sei denn, Frau Daum würde mich selber davon entbinden. Aber da sie derzeit nicht erreichbar ist, sehe ich keine Möglichkeit. Oder wissen Sie Genaueres?»

«Nein.» Hiller setzte sich wieder, während er sprach. «Allerdings haben wir Vermutungen.»

«Und welche?»

«Verbleiben wir doch erst einmal so, daß Sie uns erzählen, was Sie trotz Ihrer Schweigepflicht sagen dürfen, und wir erzählen Ihnen, was wir aus dem Stand unserer Ermittlungen verantworten können. Möglicherweise ist uns beiden damit geholfen.»

Steinberger fühlte sich geschulmeistert. Er glaubte Hiller nicht. Es war ausgeschlossen, daß er, ein alter Hase auf seinem Gebiet, einfach so einen Arzt aufsuchte, vertrauliche Informationen über eine Patientin erfragte und dann überrascht wäre, wenn sie verweigert würden.

«Möglicherweise», sagte er, «jetzt habe *ich* eine Frage.»

«Ja?»

«Ich habe den Polizeibericht in der Zeitung gelesen und mich sehr gewundert. Woran ist denn Herr Hofer genau gestorben? Sie haben doch sicher eine Obduktion durchführen lassen?»

«Natürlich!» Hiller nahm seine Brille wieder ab. «Der Befund lautet auf Herzversagen, nicht Tod durch Erfrieren, wie vorschnell berichtet wurde. Es gibt dort oben zwar noch Nachtfröste, aber verstorben ist er schon einige Stunden vor Frosteinbruch. Sie können diesen Vorgang leider mehrmals im Jahr in Berichten der Bergwacht nachlesen. Wenn ein Mensch länger als zwei Stunden aufrecht im Seil hängt, mehr oder weniger bewegungslos, kann das Herz nicht mehr genug Blut gegen die Schwerkraft in den Kopf pumpen. Folglich kommt es zu einer Sauerstoff-Unterversorgung des Gehirns, die zur Bewußtlosigkeit führt. Kann der Patient nicht spätestens jetzt waagerecht gelagert werden, stirbt er. Sie wissen das sicher besser als ich.»

Steinberger nickte. «Ich habe das vermutet. Warum hat er sich nicht wieder nach oben gezogen? Er war doch ordnungsgemäß angeseilt, und das Seil war gesichert?»

«Genau das gleiche habe ich mir auch überlegt.»

Strohmaier schien auf sein Stichwort gewartet zu haben. Er war Steinberger nicht ganz so angenehm. Es könnte an seiner Jugend liegen oder an seiner forschen Art, die etwas Lauerndes hatte. Vielleicht lag es aber auch nur daran, daß Steinberger keinerlei Assoziationen mit ihm verbinden konnte. Ein gewissenhafter Kriminalbeamter war er sicher. «Für einen halbwegs trainierten Mann ist diese Route kein Problem. Herzogstand-Heimgarten, das ist nicht hochalpin.»

«Hätte er sich nicht wenigstens mit den Füßen gegen den Fels stemmen und an dem Seil hochziehen können?» Steinberger sah Strohmaier erwartungsvoll an.

«Nein, das konnte er nicht.» Strohmaier war in seinem Element. «Das ist der Zufall, an den wir nicht recht glauben wollen.» Dabei sah er zu seinem Chef. Nach dessen Nicken sprach er weiter: «Zum einen hatte Hofer das Pech, daß genau dort, wo er ins Rutschen gekommen war, sich der einzige Überhang vom ganzen Höhenweg befand und er so einen knappen Meter von der Felswand entfernt hing. Ich kenne die Strecke gut, an dieser Ecke ist wirklich nichts zu machen, deswegen ist sie ja durch ein Führungsseil gesichert. Das hat er halt leider nicht genutzt.»

«Aber warum hat er dann nicht versucht, sich an seinem eigenen Seil hochzuziehen?»

«Versucht hat er es vielleicht, aber gelungen ist es ihm nicht.»

Hiller übernahm wieder das Gespräch.

«Bei der Obduktion hat man auch festgestellt, daß an seinem rechten Unterarm die Speiche gebrochen war. Das war sein zweites Verhängnis. Ob das vor oder bei dem Sturz passiert ist, wissen wir nicht, für ihn hätte es auch keinen Unterschied gemacht.»

«Wir nehmen aber an», Strohmaier ließ sich nicht so leicht bremsen, «daß er den Grat nicht zu Ende gegangen wäre, wenn er sich den Arm vorher gebrochen hätte. Am Gipfel des Heimgartens kommen noch einige schwierige Stellen. Die hätte er mit nur einem Arm schwer bewältigen können. Von den Schmerzen ganz abgesehen. Wahrscheinlich wäre er den Grat zurückgegangen und mit der Seilbahn abgefahren.»

«Das denke ich auch.» Steinberger spürte, wie gerne Strohmaier seine Kompetenz zeigte, und nutzte die Gelegenheit zu einer weiteren Frage.

«Hatte er noch weitere Verletzungen?»

«Die üblichen Schürfwunden, die zu einem solchen Sturz gehören. Die ersten vier Meter ist er mehr oder weniger über den Fels abgerutscht. Er hatte zwar versucht, sich mit der linken Hand an einer Latsche einzuhalten, doch die war dieser Belastung nicht gewachsen.»

«Ich bin den Weg schon einmal gegangen», Steinberger sah Strohmaier in die Augen, «allerdings nicht angeseilt. Das ist zwar ein Grat, aber doch ganz gut zu gehen. Oder ist das nicht mehr so?»

«Das ist noch immer so.» Strohmaier fühlte sich als Experte. «Darüber bin ich auch gestolpert. Hofer hatte eine Profiausrüstung, alles vom Besten, und war eigentlich ‹übersichert›, wenn man das so nennen kann.»

«Haben Sie dafür eine Erklärung?»

«Mehrere, aber keine führt so richtig weiter. Möglicherweise hatte er Höhenangst und fühlte sich am Seil sicherer. Andererseits war er Kranführer. Können Sie sich einen Kranführer mit Höhenangst vorstellen? Oder er war ängstlich. Aber ängstliche Menschen wählen nicht solche Routen. Die spielen in ihrer Freizeit Minigolf.»

Hiller trommelte mit den Fingern auf die Tischplatte. Von dem vereinbarten gegenseitigen Austausch war bis jetzt nichts zu merken.

«Ich weiß», begann er langsam, «daß Hofer nicht allein war, und habe das Gefühl, daß Frau Daum ihn begleitet hat. Leider fehlt mir bis jetzt jeder Anhaltspunkt. Es ist, wie gesagt, mehr so ein Gefühl. Litt Frau Daum unter Höhenangst?» Die Frage kam etwas zu schnell, um spontan zu wirken.

Steinbergers unverbindliches Lächeln gefror.

«Wie kommen Sie darauf?»

«Frage – Gegenfrage!» konstatierte Hiller. «Eigentlich wollten wir ein Gespräch führen.»

Strohmaier grinste.

«Entschuldigung.» Steinberger hatte seine Fassung wiedergefunden. «Es tut mir leid, wenn das auf Sie so wirkt. Hilft es Ihnen auch, wenn Sie etwas allgemeiner fragen?»

«Sie können meine Fragen allgemein beantworten. Ich will Ihnen sagen, warum ich vermute, daß Frau Daum Hofer begleitet hat. Er war ein Einzelgänger.» Hillers Stimme wurde so leise, daß sich Steinberger voll auf ihn konzentrieren mußte. «Wahrscheinlich ein Einzelgänger aus innerer Unsicherheit. Neben Frau Daum wissen wir von niemandem, mit dem er näheren Kontakt hatte.

An seinem Wohnort, in Peißenberg, pflegte er keine weiteren Beziehungen. Man kannte ihn zwar im Supermarkt, in der Apotheke und in seiner Stammkneipe, aber niemand konnte etwas Spezifisches über ihn sagen. Er kam und ging, sprach über das Wetter, Lokalpolitik und die Verspätungen des öffentlichen Nahverkehrs. Aber er hinterließ keinen Eindruck, weder einen guten noch einen schlechten.»

«Haben Sie mit Frau Sauer über ihn gesprochen?» Steinberger paßte seine Stimmlage an.

«Natürlich, und das war offensichtlich seine andere Seite. In seiner privaten Beziehung muß er wohl dominant gewesen sein. Frau Sauer vermutet handfeste Mißhandlungen.»

«Überprüft hat das leider nie jemand», Strohmaier fiel Hiller wieder einmal ins Wort, «weil es nie zu einer Anzeige gekommen ist. Aber ein Motiv können jahrelange Quälereien schon sein. Ein sehr verständliches sogar.»

«Haben Sie sonst noch etwas über seine Lebensbedingungen erfahren können?»

«Nicht viel.» Hiller zögerte. Er überlegte, ob er es bei dieser Auskunft belassen sollte, erzählte dann aber doch weiter.

«Er war an einer Großbaustelle in der Ottostraße beschäftigt. Jeden Morgen fuhr er um 5.30 Uhr mit dem Zug nach München und begann um 7.00 Uhr seine Schicht. Der Bauleiter bedauert seinen Tod sehr. Es gibt nicht mehr viele von seinem Schlag, meinte er. Hofer arbeitete seit vier Jahren in der Firma und war in dieser Zeit absolut zuverlässig. Er war keinen Tag krank, kam nie zu spät, und noch nie ist ihm auch nur das kleinste Mißgeschick passiert. Das ist bei dieser Millimeterarbeit, die er da oben leisten muß, beinahe ein Wunder. Er konnte acht Stunden ununterbrochen seinen Kran bedienen, einsam, sechzig Meter über der Erde, in einem schwankenden Kasten, nur über Funk mit seinen Kollegen verbunden. Um sieben Uhr stieg er hinauf, mit seiner Brotzeit und einer Thermosflasche, und um fünfzehn Uhr wieder herunter.»

«Aber er mußte doch auch zwischendurch mal runter?»

«Ich weiß schon, woran Sie denken.» Hiller lächelte. «Aber für so etwas hatte er eine Flasche dabei. Stellen Sie sich mal vor, eine sechzig Meter hohe Leiter hinaufsteigen, das geht in die Knochen, da überlegt man vorher, was dort oben nötig sein könnte.»

«Das heißt also, daß er auch beruflich isoliert war.»

«Ja, wenn man einmal von dem dienstlichen Funkkontakt absieht. Für mich ist das ein Widerspruch. Im Beruf war er angepaßt, unauffällig, hilfsbereit und privat dominant, gewalttätig und egoistisch.»

«Ein Widerspruch oder die beiden Seiten einer Medaille.»

«Sie meinen also, ein Mensch kann über Jahre in solchen Extremen leben, hier der gefällige Kumpel und dort der gemeine Despot?»

«Ein bißchen tun wir das alle. Wenn wir zum Beispiel beruflich Ärger haben, bekommen das ausgerechnet die Menschen zu spüren, die uns besonders nahestehen.»

«Stimmt, leider!»

«Jede neurotische Verbiegung ist im Ansatz ganz normal, das heißt bei jedem von uns zu finden. Krank wird das erst, wenn es Gewalt über uns gewinnt, unsere Existenz bestimmt.»

Hiller machte einen letzten Versuch.

«War Frau Daum in diesem Sinne krank?»

«Ja!»

«Und wie äußerte sich ihre Krankheit?»

«Tut mir leid, das darf ich wieder nicht…»

«Auch nicht, wenn es möglicherweise zu einem weiteren Mord kommt?»

Steinberger wurde blaß. «Wie kommen Sie darauf?»

«Diese Frage können Sie sich beinahe selber beantworten. Psychisch kranke Täter sind häufig Serientäter.»

«Und wieso Frau Daum?»

«Ganz einfach, wir können sie nicht ausschließen. Sie hat zwei Tage vor dem Unglück einen Flug gebucht, steht auf der Passagierliste, hat aber nicht eingecheckt.»

«Sie ist gar nicht geflogen?»

«Nicht in den vergangenen drei Wochen. Wir haben das überprüft.»

«Aber Sie haben doch ihre Anschrift?»

«Wir haben die Anschrift ihrer Schwester, aber die ist laut Auskunft unserer Kollegen in Kalifornien nicht anzutreffen. Gegen Frau Daums Schwester liegt nichts vor, das heißt, wir können nicht nach ihr fahnden lassen. Außerdem ist es sehr fraglich, ob sie uns sagen könnte, wo sich Laura Daum aufhält. Wer weiß, ob die Geschwister überhaupt Kontakt miteinander haben. Die Amerika-Reise war ja offensichtlich vorgetäuscht. In diesem Fall bleibt uns nur, geduldig zu warten.»

«Irgendwann wird Laura Daum ja wieder in ihre Wohnung zurückkehren.»

«Vielleicht, vielleicht auch nicht», sagte Hiller. «Für meinen Geschmack sind das zu viele ‹Vielleicht›! Wann haben Sie denn Frau Daum zum letztenmal gesehen oder gesprochen?»

«Bei ihrem letzten Termin, Mitte März.»

«Ist sie jetzt geheilt?»

«Sie ist so gesund wie Sie und ich, und die Wahrscheinlichkeit, daß sie jemanden umbringt, ist bei ihr ebenso groß wie bei Ihnen und bei mir.»

«Und warum wollten Sie Frau Daum zu Hause aufsuchen?»

«Das hatte einen völlig anderen Grund. Ich arbeite an einem wissenschaftlichen Beitrag über Schreibtherapien, den ich in einer Fachzeitschrift veröffentlichen möchte. Dazu werde ich einen Traum und ein Stundenprotokoll von Frau Daum in großen Auszügen wiedergeben. Ich wollte sie bitten, mich in diesem Fall von meiner Schweigepflicht zu entbinden.»

«Machen Sie das nicht anonym?»

«Selbstverständlich erscheinen die Auszüge anonym. Trotzdem brauche ich dazu das Einverständnis meiner Patientin. Das wäre doch nicht in Ordnung, wenn Menschen, die sich mir anvertrauen, befürchten müßten, ihre Probleme als Fallbeispiele in einer Studie wiederzufinden.»

Steinberger sah auf die Uhr.

«Es tut mir leid, wir müssen das Gespräch beenden, ich erwarte meine nächste Patientin in zehn Minuten. Was werden Sie jetzt tun?»

«Nichts. Wir werden die Akte schließen. Die Leiche wurde bereits freigegeben. Um vierzehn Uhr ist die Beerdigung auf dem Waldfriedhof. Hofers Mutter ist verständigt. Sie kommt. Also, Sie sehen, alles geht seinen Gang.»

«Er hat noch eine Mutter?»

«Die Frau ist 86 Jahre alt, körperlich sehr rüstig, aber geistig verwirrt, wie man mir sagte. Jedenfalls nicht vernehmungsfähig. Sie lebt in einem Pflegeheim.»

Steinberger stand auf. «Ich habe heute vormittag noch drei Patienten, bitte entschuldigen Sie, daß ich jetzt abbrechen muß.»

Hiller und Strohmaier nickten. Er begleitete sie zum Ausgang. Anschließend wandte er sich an Frau Schneider.

«Zuerst brauche ich ein Glas Wasser, eine Aspirin und die Unterlagen von Frau Becker. Später aus dem Ordner von Frau Daum ein schmales blaues Schulheft. Die Termine für den heutigen Nachmittag verlegen Sie bitte auf morgen und übermorgen. Ich muß auf eine Beerdigung. War inzwischen etwas Wichtiges?»

«Ihre Exfrau.»

«Und?»

«Sie möchten bitte zurückrufen. Sofort, es ist ganz dringend.»

Er nickte. «Kommt Frau Becker?»

«Zugesagt hat sie.»

«Wir werden sehen. Bitte probieren Sie doch mal, ob Marie zu Hause ist, und stellen Sie das Gespräch dann durch, ich muß sie etwas beruhigen.»

«Gleich?»

«Wenn ich in meinem Sprechzimmer bin. Und noch etwas.»

«Ja?»

«Entschuldigen Sie meine Grobheit vorhin. Es galt eigentlich nicht Ihnen. Ich habe da ein Problem.»

Daraufhin verschwand er in der Toilette. Frau Schneider sah ihm hilflos nach. Er drehte den Hahn des Handwaschbeckens auf, ließ das Wasser laufen, bis es eiskalt war, und hielt zuerst die Hände und dann sein erhitztes Gesicht darunter.

XII

Es war fünf Minuten über der Zeit, als Steinberger aus seinem Sprechzimmer sah. «Haben Sie etwas von Frau Becker gehört?»

«Das wird sie sein», sagte Frau Schneider und deutete auf das klingelnde Telefon. «Soll ich abnehmen oder gleich durchstellen?»

«Ich mache das schon.» Steinberger ging an seinen Apparat. Er nickte Frau Schneider zu. Sie schloß die Tür. «Frau Becker, es hat offensichtlich nicht geklappt?»

«Es hätte schon klappen können», Frau Becker klang gereizt, «aber ich will nicht mehr.»

«Was wollen Sie nicht?»

«Ich will dieses Theater nicht mehr mitmachen.»

«Sie reden von Ihrer Therapie?»

«Ja. Ich will wirklich nicht mehr.»

«So kommen Sie doch bitte her, Frau Becker. Am Telefon und noch dazu in diesem Ton können wir über einen so wichtigen Entschluß nicht reden. Sind Sie jetzt zu Hause?»

«Nein, das bin ich nicht, ich komme nicht und sage Ihnen auch nicht, wo ich bin.»

«Warum denn nicht?»

«Ich lasse mich durch Sie nicht von meinem Entschluß abbringen.»

«Ich habe nicht vor, Sie von Ihrem Entschluß abzubringen. Das ginge gar nicht. Der Erfolg einer Psychoanalyse basiert auf Krankheitseinsicht und Freiwilligkeit.» Er machte eine kleine Pause, um ihr Gelegenheit zur Intervention zu geben. Sie schwieg. «Ein Abbruch ist eine so weitreichende Entscheidung für Sie, daß ich davon ausgehe, daß Sie sich das gut überlegt haben. Es geht dabei um nicht weniger als um Ihre psychische Gesundheit.»

«Richtig. Und genau die liegt mir am Herzen.»

«Sprechen Sie aus einer Telefonzelle?»

«Wieso?»

«Wegen der Hintergrundgeräusche. Sehen Sie, Frau Becker, wenn man Ihnen für eine notwendige Blinddarmoperation den Bauch aufgeschnitten hat, und plötzlich überlegen Sie sich, daß Sie Ihren Blinddarm um jeden Preis behalten wollen, dann wird man Sie auch nicht mit offenem Bauch davonziehen lassen, sondern sicherstellen, daß Sie genäht und ordentlich versorgt Ihrer Wege ziehen. Wann sich dann Ihr gereizter Blinddarm wieder rührt, und mit welchem Risiko Sie leben, das ist Ihre Sache. Bei mir ist das nicht anders. Ich möchte verstehen, warum Sie das tun, und ich möchte Sie, wenn ich Sie schon nicht heilen darf, wenigstens ordentlich versorgt ziehenlassen.»

«Sie möchten insistieren, mich überzeugen, mit Ihrer Suada überschütten ...»

Steinberger ging zum Fenster. Im Hintergrund hatte er die Kirchturmuhr schlagen hören. Es war eindeutig die Uhr der Marienkirche. Unten neben dem «Roten Ochsen», in der Telefonzelle, das könnte Frau Becker sein. Ganz sicher war er sich nicht, immerhin lag die Praxis im vierten Stock. Aber möglich wäre es. Dann hatte sie es also bis knapp vor seine Tür geschafft.

«Möchten Sie nicht doch noch kommen?» Er fiel ihr ins Wort. «Wir hätten noch dreißig Minuten Zeit.»

«...bis ich mich nicht mehr wehren kann. Ich merke es jetzt schon. Ich, ich lege jetzt auf.»

Sie war es. Die Person in der Telefonzelle legte den Hörer auf die Gabel, verließ die Zelle und ging in den «Roten Ochsen».

So nicht, dachte Steinberger, jedenfalls mit mir nicht. Er griff seinen Mantel, stürzte an Frau Schneider vorbei, «Ich bin in zwanzig Minuten wieder da», und verschwand im Fahrstuhl.

«Ihre Geschiedene hat noch einmal nach Ihnen gefragt», rief ihm Frau Schneider nach, ohne sicher zu sein, ob er es auch gehört hatte. «Sie will in zehn Minuten vorbeikommen, egal, ob es geht oder nicht», sagte sie, als sich der Fahrstuhl schon in Bewegung setzte.

Steinberger trat aus der Haustür. Natürlich hatte die ganze Sache auch eine wirtschaftliche Seite. Frau Becker war privat versichert, kam dreimal in der Woche und würde ein erhebliches Loch in seinen Terminplan reißen. Zwar könnte er das irgendwann in den nächsten Tagen wieder ausgleichen, immerhin hatte er eine längere Warteliste, aber so ein Terminabgleich war recht mühevoll. Abgesehen davon, daß er selber entscheiden wollte, wann eine Behandlung abgebrochen wurde beziehungsweise sinnlos war.

Er hatte sich nicht getäuscht. Frau Becker saß an einem Ecktisch, am Fenster, mit Blick auf seine Praxis. Im Vorbeigehen bestellte er an der Theke einen Espresso und setzte sich ungefragt an ihren Tisch. «Ich nehme an, daß dieser Platz für mich frei ist», sagte er und sah sie an.

Frau Becker war überrascht. «Sie gehören da oben hin.» Dabei deutete sie aus dem Fenster auf die gegenüberliegende Straßenseite.

«Sie auch, Frau Becker, und mir wäre wohler, wenn wir beide dort wären.»

Der Wirt stellte den Espresso auf den Tisch. «Darf ich gleich kassieren», fragte er, «ich werde in der Küche gebraucht.» Steinberger zahlte. Frau Becker sah ihm zu und nippte an dem Rotwein, den sie vor sich stehen hatte.

«Und die gnädige Frau?» Der Wirt sah ihn erwartungsvoll an.

«Die zahlt selber», Frau Becker kramte ihren Geldbeutel hervor, «das wäre noch schöner.»

Steinberger öffnete ein Zuckerpäckchen. «Zum Wohl», wünschte er, als Frau Becker das Glas zum Munde führte.

«Danke.»

«Trinken Sie öfter um diese Zeit?»

«Trinken Sie öfter um diese Zeit?» Frau Becker ahmte seine Stimme nach. Im gleichen Moment war es ihr peinlich. Sie fühlte sich überführt. Es war nicht ihr erstes Glas heute. «Erstens geht Sie das gar nichts an, und zweitens mache ich das nicht öfter, sondern nur, wenn ich Mut brauche. Mein Gott, als ob etwas dabei wäre. Bei Männern nennt man das Frühschoppen, aber als Frau muß man sich gleich anreden lassen.»

«Heute brauchen Sie viel Mut.»

«Ja, wirklich. Um Ihnen etwas entgegenzusetzen und dabei standhaft zu bleiben, dazu braucht man Mut, nicht nur ich, jeder oder jede braucht das.»

«Diesen Mut haben Sie nun. Möchten Sie nicht mit hochkommen und mir sagen, was Ihnen auf dem Herzen liegt?»

«Damit Sie mir die Stunde berechnen können? Nein, das kann ich auch hier, das kann jeder hören.»

«Die Stunde berechne ich in jedem Fall.»

«Auf welcher Grundlage? Ich habe Sie nicht hergebeten.»

«Wir haben eine Vereinbarung, die ich gerne noch einmal wiederhole, wenn Sie sich nicht mehr erinnern. Absagen sind nur bis 48 Stunden vor dem Termin möglich. Ansonsten habe ich Anspruch auf ein Bereitstellungshonorar. Ihre Absagen kommen immer erst ein bis zwei Stunden vorher.»

«Stimmt leider. Ihnen kommt man wirklich nicht bei. Auf keiner Ebene.»

«Es überrascht mich, daß gerade Sie eine so negative Einstellung zu Vereinbarungen haben.»

«Zu einseitigen Verträgen und Vereinbarungen, ja.»

«Es wäre wirklich besser, wir würden noch einmal in Ruhe miteinander sprechen.»

«Was ich Ihnen zu sagen habe, das kann ich auch hier. Und das geht ganz schnell.»

Ihre Stimme wurde schrill. Sie war erregt. Steinberger bereute seine Aufforderung beinahe, denn am Nebentisch sah man schon zu ihnen herüber, und diese Art von Öffentlichkeit war ihm zuwider. Andererseits wollte er sie unbedingt noch einmal zu einem Nachgespräch in die Praxis bekommen. Verbitterte Patienten waren ein schlechtes Image, egal woher diese Verbitterung rührte. «Ich höre», sagte er…

«Genau das ist es», fiel ihm Frau Becker ins Wort. «Ich höre, und dabei bleibt es nicht. Ich höre heißt auch ich ordne ein, ich klassifiziere, ich setze hier die Maßstäbe. Der Patient kann reden, sich bloßstellen, sich wehren gegen Vorurteile, und mit jedem Wort, das er zu seiner Entlastung vorzubringen meint, verstrickt er sich mehr in widersprüchliche Aussagen. Wenn er einen Rat braucht, bekommt er seine Fragen gespiegelt. Wenn er liebt, dann überträgt er, wenn er haßt, tut er das auch. Wenn sich der Allwissende aus der Fassung bringen läßt, dann ist an dieser Gegenübertragung auch der Patient schuld. Selbst wenn er das Spiel nicht mehr mitmacht, dann blockt er nur ab. Wenn er seine Wut ausläßt, dann ist das nicht ernst zu nehmen, denn dann agiert er aus. Und bei allem immer dieses artifizielle Verständnis. Natürlich, man hat es mit einem armen Irren zu tun.

Das ist doch ein Affenzirkus. Wenn der Patient gesund wird, was immer das sein soll, dann ist es das Verdienst des großen Meisters, und wenn die Sache schiefgeht, dann war die Patientin nicht therapierbar. So einfach ist das. Der Größte der Großen ist auch nicht dazu verpflichtet, die Wahrheit zu sagen, denn die Wahrheit ist bei dieser Zunft relativ. Wahr ist immer, was dem Patienten angeblich dient, man könnte auch sagen, dem Therapeuten nützt. Und so findet hinter verschlossenen Türen nichts anderes statt als ein allgemeines Klientenverscheißern. Bei Gericht kommt so etwas gelegentlich auch vor, aber in der Regel nicht unter Ausschluß der Öffentlichkeit. Selbst die Grobheiten, die ich Ihnen jetzt an den Kopf werfe, müssen Sie nicht auf sich beziehen und tun es auch nicht, wie ich Ihnen ansehe, denn Sie haben Ihre Diagnose ja schon längst gestellt. Vor Ihnen sitzt nur eine kleine verbissene Neurotikerin. Nichts kann Ihre Selbstsicherheit erschüttern.

Ich muß mein Geld schwerer verdienen. Ich muß eine Leistung erbringen, und die ist nachvollziehbar, kontrollierbar, ehrlich. Ich verdiene, was ich verdiene, und habe keine Lust, mein Geld zu Ihnen zu tragen, nur weil Sie mir ein paar Minuten zuhören und dabei mit Ihrem therapeutischen Besteck klappern. Haben Sie den Eindruck, daß... Ich spüre da eine... Möchten Sie mir nicht erzählen, warum... und wie ihre Suggestivfragen noch alle lauten. Warum sagen Sie eigentlich nichts?»

«Warum sind Sie zu mir gekommen?»

«Eine Freundin und Kollegin hat mir von Ihnen erzählt. Aber das wissen Sie doch auch schon.»

«So war meine Frage nicht gemeint.»

«Gut, ich habe Probleme mit meinem Leben, das ist richtig. Aber so verrückt, daß ich die ausgerechnet mit Leuten Ihrer Zunft kläre, so verrückt bin ich noch nicht.»

Steinberger schwieg. Sie hat sich ausgekotzt, dachte er, das könnte eine neue Chance sein.

«Was denken Sie jetzt?»

«Ich denke, Ihr Entschluß ist richtig.»

«Sie sind gekränkt.»

«Enttäuscht. Enttäuscht und ernüchtert. Sie haben kein Vertrauen, und ohne Vertrauen geht es nicht.»

«Sie haben es wieder geschafft. Sie schaffen es immer. Ich habe den ‹Schwarzen Peter› und bekomme tatsächlich ein schlechtes Gewissen. Sollten wir vielleicht doch noch einmal...?»

«Wenn Sie ein Abschlußgespräch wünschen, ich bin dazu bereit. Wegen des Termins wenden Sie sich bitte an Frau Schneider.

Ich muß zurück in die Praxis. Es ist höchste Zeit.» Er reichte ihr die Hand. Sie wollte aufstehen. «Bleiben Sie sitzen. Alles Gute für Sie, falls wir uns nicht mehr sehen.»

Es war höchste Zeit für ihn. Im Dauerlauf überquerte er den Marienplatz.

Als er die Aufzugtür aufriß, stand er Eva gegenüber.

«Franz, ich muß dich sprechen, es geht um meine Zukunft.»

Sie sah immer noch hinreißend aus, in ihrem engen schwarzen Kostüm, registrierte er, obwohl er den Kopf nun wirklich woanders hatte. «Das ist jetzt ausgeschlossen. In einer Stunde habe ich eine Pause von dreißig Minuten.»

Sie fuhr mit ihm im Fahrstuhl nach oben. «Du schiebst mich in eine Lücke?»

«Wenn du nicht möchtest...»

«Doch, doch, ich komme. Soll ich dir etwas zu essen mitbringen? Obst, frische Milch oder eine warme Brezel, so wie früher?»

«Eva, diese Zeiten sind vorbei.»

«Ja, wahrscheinlich. Das hat wohl eine andere übernommen.»

Er schwieg. Der Fahrstuhl war angekommen. Sie sah ihm unter der geöffneten Tür nach, während er in die Praxis ging. «Aber einen Espresso werde ich für uns machen», rief sie ihm nach, «den hast du doch sicher vermißt, oder?»

Er lächelte. «Bis später, ich erwarte dich.»

Hinter ihm fiel die Tür ins Schloß.

Kurz nach dreizehn Uhr saß Steinberger endlich an seinem Schreibtisch. Eva war nicht gekommen, und er war froh darüber. Auseinandersetzungen mit ihr gingen ihm immer noch sehr nahe. Neben ihm lagen einige Stapel unerledigter Post, Patientenakten und von Frau Schneider vorbereitete Manuskripte zum Gegenlesen.

Als wäre das alles nicht vorhanden, starrte er auf ein dunkelblau eingebundenes Schulheft vor ihm auf der Schreibunterlage. «Gedichte» stand in kindlicher Schönschrift auf dem Etikett und eine Zeile tiefer: «Für Dr. Steinberger von Laura Daum.»

Es war eines der ersten Zeichen ihrer Zuneigung, und er erinnerte sich an ihr verlegenes Lächeln, als sie ihm das Heft am Ende der Stunde schnell in die Hand drückte. Er hatte sich gefreut, damals, konnte es ihr aber nicht zeigen, denn sie war blitzartig aus der Praxis gerannt, so als fürchte sie, er nähme ihr Geschenk nicht an. Wie lange war das wohl her, dachte er und blätterte die Seiten durch. Leider stand nirgends ein Datum. Nun, er konnte das in seinen Unterlagen nachlesen.

Da war es, Steinberger strich mit der flachen Hand über die Heftseiten, damit sie nicht wieder zufielen, und griff zum Telefon.

«Störe ich, Elisabeth?»

«Nein, nein, Franz, steht deine Terrassentür wieder offen?» Sie lachte.

«Deinen Humor möchte ich haben. Hast du schon mit Marie gesprochen?»

«Nein, ich komme heute mittag bei dir vorbei, bevor Marie nach Hause geht...»

«Sei bitte so nett, rufe sie an und nimm ihr etwas ihre Angst. Ihr Vater hat seinen Besuch angekündigt.»

«Ach, du liebe Güte. Das mache ich gleich. Vielleicht mag sie zu mir kommen.»

«Elisabeth, ich würde dir gern ein Gedicht vorlesen.»

«Jetzt?»

«Ja, bitte, es ist das Gedicht einer Patientin. Mich interessieren deine Gedanken dazu.»

«Ich bin nicht die Richtige für Textkritik.»

«Darum geht es nicht. Sag mir nur, was dir dazu einfällt. Ganz spontan.»

«In Ordnung. Fang an!»

Gleich Brückenpfeilern aus gehärtetem Stahl
ist, was ich mir erwerbe
durch Sie.
Ewig ängstliches Zaudern wird,

verschmolzen mit Ihrem Zuspruch,
zu meiner Kraft.

So setzen wir vereint die neugewonnenen Streben
tief in den sumpfigen Boden meines Seins.
Sie sind verankert,
wo die Nerven freiliegen
und mein Herz schlägt.
Dort, wo schon ein Hauch Schmerz bedeutet
und die Stürme des Alltags tödlich sind.

Nun wird es Zeit, von Pfeiler zu Pfeiler
ein Drahtseil zu spannen, so fest
und doch so locker,
daß ich darauf tanzen kann.
Hoch droben, gut und sicher, als läge es
schwer auf der Erde.

Das federnde Schwingen des Lebens
fürchte ich nicht,
dank meinem Ziel.

Doch wehe, ich blicke tief.
Dann hält mich kein Stahl,
und schwindelnde Stimmen flüstern im Chor
Laß los.
Laß los, der Tod ist weich und gnädig,
auch für Dich.

Erdschwere Seele,
Du wirst versinken.
Bist nicht geschaffen zum Tanz
zwischen Himmel und Erde.

«Und?»

«Lies es bitte noch mal, Franz.»

«In Ordnung.»

«Ich denke an Angst, Angst vor allem. Vor der Zukunft, vor Selbständigkeit, vor den Anforderungen des Lebens. Vor Höhe in jeder Form.»

«Aha.»

«Und noch etwas höre ich heraus.»

«Was?»

«Hoffnung, ganz viel Hoffnung, gesetzt auf dich.»

«Danke, Elisabeth.»

XIII

Gegen ein Uhr mittags kam ein Frühlingsgewitter auf, eines jener Art, die völlig unerwartet einsetzen. Es regnete in Strömen. Als Steinberger kurz vor vierzehn Uhr auf dem Parkplatz vor der Aussegnungshalle des Waldfriedhofes ankam, war die ganze unbefestigte Kiesfläche von großen und kleinen Pfützen übersät. Er suchte sich einen Stellplatz, bei dem ein halbwegs trockenes Aussteigen möglich war. Nasse Füße würde er im Laufe der nächsten Stunde ohnehin noch bekommen.

Er wartete noch zwei Minuten, angelte sich seinen großen schwarzen Schirm von der Hutablage und stieg aus.

«Bei Regen finden die Trauerfeierlichkeiten in der Friedhofskapelle statt», stand auf dem Hinweisschild am Eingang des Friedhofes, ebenso die Uhrzeit der nächsten Beisetzung und der Name des Verstorbenen, Siegwart Hofer.

Steinberger öffnete die schwere gotische Kapellentür. Das Geräusch der schlecht geölten Türangeln hallte in dem hohen Raum nach. Es erinnerte an einen langgezogenen Klageton und stimmte auf die besondere Atmosphäre ein. Der liturgische Teil des Gottesdienstes hatte bereits begonnen. In der Apsis stand ein schlichter, heller Fichtensarg, über dessen unteres Drittel eine schwarze Samtdecke mit einem großen silbernen Kreuz gebreitet war. Davor lag ein Gesteck aus roten Nelken. «Infra-Bau» stand auf einer der beiden Schleifen, «Ein letzter Gruß, Deine Kollegen» auf der anderen.

Als er sich im Halbdunkel nach einem Sitzplatz umsah, entdeckte er unmittelbar neben dem Ausgang Kommissar Hiller. Offensichtlich konnte er die Akte Hofer für sich doch noch nicht schließen. Sie nickten sich kurz zu. Steinberger setzte sich in seine Nähe.

Das kleine Harmonium intonierte das Lied «Mitten wir im Leben sind mit dem Tod umfangen...», doch wirklich mitzusingen wagte nur die Organistin selber.

Steinberger nutzte die Gelegenheit, um die Trauergäste vor ihm in Ruhe zu betrachten.

Von den vierzig Sitzplätzen waren nur fünf Stühle in der ersten Reihe belegt. In der Mitte saß eine alte, weißhaarige Frau. Ihre glatten, zurückgekämmten Haare wurden im Nacken durch einen kleinen Knoten zusammengehalten.

Früher, in der Unterprima, als diese Frisur beim weiblichen Lehrkörper noch sehr verbreitet war, hatten sie dazu «Halleluja-Zwiebel» gesagt. Er hatte einen Augenblick Mühe, wegen dieser Erinnerung ernst zu bleiben.

Dies mußte wohl Frau Hofer sein. Sie blickte starr geradeaus, und in ihren harten, männlichen Zügen war keine Regung – weder Trauer noch Rührung – zu erkennen. Bei hochbetagten Menschen fiel Steinberger immer wieder auf, daß Männer weiche, weibliche Gesichtszüge bekamen und Frauen harte, männliche.

Neben Frau Hofer saß eine ältere Dame, die ihrem Äußeren und ihrer Gestik nach wohl eine Begleitperson war. Sonstige Angehörige schienen nicht dazusein. Der Herr, einen Platz weiter, im schwarzen Anzug, sah eher wie ein Kollege Hofers aus. Er vermutete in ihm entweder seinen unmittelbaren Vorgesetzten, den Bauleiter, oder einen Abgesandten des Betriebsrates. Wahrscheinlich hatte er den Auftrag, am Grab einige Worte zu sprechen, denn er schob verstohlen ein Konzeptpapier aus der Jackettasche und las den Text mehrmals durch. Links von Frau Hofer saß der Geistliche. Einen Stuhl weiter Zenta Sauer. Sie war die einzige, die dem Gottesdienstverlauf mit großem Interesse folgte.

Steinberger war enttäuscht. Zwar hatte er nicht direkt damit gerechnet, daß er Laura Daum hier treffen könnte, trotzdem war dies wohl der eigentliche Grund, warum er gekommen war. Wenn sie nicht in die Staaten geflogen war, mußte sie von diesem Termin gewußt haben.

Nach dem dritten Liedvers verstummte das Harmonium. Der Pfarrer stand auf, ging zu dem Rednerpult neben dem Sarg und begann seine Ansprache. Die Lebensgeschichte des Siegwart Hofer, so erinnerte er, ist die Geschichte eines Mannes, der auf tragische Weise aus Gottes Hand gefallen ist. Wir alle kennen aus unserem eigenen Leben Situationen, in denen es uns ähnlich erging. Stunden, Tage, Wochen der Einsamkeit, der Hoffnungslosigkeit, der Verzweiflung. Aber eben nur Stunden, Tage, Wochen, nicht ein ganzes Leben lang.

Er versuchte, der versteinerten greisen Mutter Hofers etwas entgegenzukommen. Steinberger war nicht klar, wieviel der Pfarrer über die sozialen Hintergründe des Siegwart Hofer wußte, von seinen Kontaktschwierigkeiten, seinen offenen und seinen kompensierten Aggressionen, aber was er zu seiner Persönlichkeit zu sagen hatte, paßte sehr gut.

Ob er diese Grabrede wohl einem Buch mit Handreichungen für ungewöhnliche Todesfälle entnommen hat, überlegte er. Doch nach seinen ersten Sätzen spielte das keine Rolle mehr.

Da war die Rede von einem, der sich nicht zurechtgefunden hatte in dem Irrgarten der menschlichen Beziehungen, der sich von Angst besetzt nur noch verschließen konnte. Jemand, der dringend Hilfe gebraucht hätte, aber nicht um Hilfe zu bitten wagte.

Ein gedrückter, gedemütigter Mensch, der selber drücken und demütigen mußte, weil er andere Beziehungsmöglichkeiten nie kennengelernt hatte. Dies sind die Menschen, die Gott sucht, obwohl oder gerade weil sie ihr Leben lang seinem Rufen nicht folgen konnten. Sie hatten einfach noch keine Chance. Dennoch gibt es eine Perspektive für sie. Das Richten beim Jüngsten Gericht wird zum Aufrichten der Gefallenen.

Hier endlich löste sich der starre Blick der Hoferin, und sie brach in ein eigenartiges trockenes, beinahe bellendes Schluchzen aus, das durch seine Hilflosigkeit sehr anrührte.

«Sie, Frau Hofer», sprach der Geistliche zu der alten Frau, «haben Ihren Sohn in der Taufe Gott anvertraut. Er hat ihm in seinem Leben Gestaltungsfreiheit gegeben, so wie uns allen. Aber er konnte sie nicht nutzen. Dennoch hat Gott ihn nie losgelassen, und er wird jetzt, nach seinem Tode, Möglichkeiten suchen und finden für ein Leben in seiner göttlichen Nähe.»

Für das zweite Lied, das nun vom Harmonium angestimmt wurde, holte sich Steinberger ein Gesangbuch. Er hatte das Bedürfnis mitzusingen. «Wer weiß, wie nahe mir mein Ende, hin geht die Zeit, her kommt der Tod...» begann es.

Anschließend formierte sich der kleine Trauerzug bei strömendem Regen hinter dem Sarg zur Grabstätte.

Steinberger und Hiller folgten in gebührendem Abstand.

«Gibt es etwas Neues, Herr Hiller?»

«Nein, bis jetzt noch nicht. Uns hat offensichtlich der gleiche Gedanke hierhergetrieben.»

«Wundert Sie das?»

«Nein, denn wir haben ein gemeinsames Problem. Auch Sie müssen Laura Daum finden. Soviel weiß ich. Mir ist nur nicht klar, warum.»

Die kleine Trauergemeinde stand Schirm an Schirm um das offene Grab, in das die Friedhofsträger langsam den Sarg hinabsenkten. Nacheinander ergriffen die fünf Menschen den kleinen Spaten, der in einem Erdhaufen steckte. Es war eine traurige Zeremonie. Der Klang der schweren lehmigen Erde auf dem hohlen

Holz hatte etwas Endgültiges. Es war wie ein letztes Anklopfen an eine Tür, die in diesem Leben nicht mehr geöffnet werden würde. Steinberger war ganz in Gedanken versunken, als Hiller ihn plötzlich in die Seite stieß.

«Dort hinten an der Trauerweide, sehen Sie, wer ist denn das?»

Steinberger versuchte durch den trüben Regenschleier etwas zu erkennen, sah aber nur eine zierliche weibliche Gestalt in einem blauen Regenmantel, die einen breitkrempigen dunklen Wetterhut dicht ins Gesicht gezogen hatte.

«Könnte das der Statur nach Frau Daum sein?» flüsterte Hiller.

«Möglich ist es», antwortete er ebenso leise.

Die Gestalt, ungefähr dreißig Meter Luftlinie von ihnen entfernt, spürte, daß sie beobachtet wurde. Sie ging einige Schritte zurück.

«Halten Sie mal», murmelte Hiller, «und bleiben Sie bitte hier stehen. Wir sehen uns später auf dem Parkplatz.» Er drückte Steinberger seinen Regenschirm in die Hand. In diesem Moment rannte die Regenmantelgestalt los. Hiller setzte ihr nach. Sobald er sich etwas von der Trauergesellschaft entfernt hatte, hielt er sich nicht mehr an die vorgegebenen Kieswege. Er rannte querfeldein über die Gräberreihen, um der Unbekannten den Weg abzuschneiden.

Nach kurzer Zeit geriet er aus Steinbergers Blickfeld. Die Trauergesellschaft löste sich auf. Er wartete noch einige Minuten, bis der Pfarrer sich von den Trauergästen mit einem Händedruck verabschiedet hatte, und ging auf Frau Hofer zu.

«Grüß Gott, Frau Hofer.»

Die alte Frau sah ihn an oder besser durch ihn hindurch. «Ich kenne Sie nicht, ich kenne niemanden hier, keinen von denen, die leben, und keinen Toten.» Ihr monotones Murmeln war nur schwer verständlich.

«Möchten Sie wissen, wer ich bin?»

«Ich kenne Sie nicht. Keinen kenne ich.»

«Und Siegwart?»

«Ich kenne ihn nicht. Ich kenne Siegwart nicht. Keinen Toten kenne ich. Ich kenne nur Jesus, und er kennt alle. Das ist genug.»

«Wahrscheinlich haben Sie recht», sagte Steinberger und reichte ihr die Hand.

«Jesus kennt alle, das ist genug», wiederholte sie und sah durch Steinberger hindurch.

«Tut mir leid.» Frau Hofers Begleiterin zuckte bedauernd mit den Achseln. «Es geht ihr nicht gut. Sie redet häufig so unverständliches Zeug.»

«Ich habe sie verstanden.»

«Sie haben leicht reden, Sie sind auch nicht immer mit ihr zusammen.»

Steinberger sah sie verständnisvoll an, wünschte alles Gute und weiterhin viel Kraft.

Er ging zurück zum Eingang. Der Regen hatte nachgelassen. Er trug noch immer zwei tropfnasse Schirme mit sich herum. Von Hiller war nichts zu sehen. Er warf die Schirme in seinen Kofferraum, setzte sich in den Wagen und verließ den Parkplatz. Bei der ersten Ampel bog er nicht rechts ab, zurück in seine Praxis, sondern nach links, Richtung Peißenberg. Er wollte etwas nachdenken, und das konnte er am ungestörtesten beim Autofahren. Langsam fuhr er die Serpentinen des Hohenpeißenbergs hinauf, und bei jeder Biegung wurde ihm klarer, daß er bei Laura Daum Fakten und Gefühle nicht in Einklang bringen konnte, sosehr er sich das auch wünschte.

Einige Meter unterhalb des Fernsehturmes hielt er sich rechts und bog in einen kleinen Wirtschaftsweg. Am Ende des Weges stellte er den Wagen ab und ging zu Fuß weiter. Er war schon länger nicht mehr hier gewesen und fand seinen alten Lieblingsplatz nur schwer. Das Gras war hochgewachsen und naß. Er hatte für diese Unternehmung nicht die geeigneten Schuhe an, kam mitunter bedenklich ins Rutschen, gab aber nicht auf. Seine Beharrlichkeit lohnte sich. Nach weniger als einer halben Stunde stand er auf einem kleinen Felsvorsprung, der den Blick freigab auf die liebliche Landschaft des Pfaffenwinkels. Ein vielfarbiger

Regenbogen spannte sich vom Fuße des Berges bis zum Horizont. Steinberger atmete tief durch. Du warst zu lange in deiner Arche, dachte er, ständig eingesperrt zwischen Sitzungen und Abgabeterminen, mitten im Meer der Alltäglichkeiten. Wie war das doch gleich: – Solange die Erde steht, soll nicht aufhören Saat und Ernte, Frost und Hitze, Sommer und Winter, Tag und Nacht – versprach Gott Noah, als er nach vierzig Tagen zum erstenmal wieder festen Boden unter den Füßen hatte. Damals auf den Bergen des Landes Ararat. Festen Boden, das wünsche ich mir auch. Er konnte sich das Glücksgefühl Noahs vorstellen, als er endlich die schwankenden Bohlen verlassen durfte. Und dann dieses Versprechen, das bis heute galt nicht nur für Noah, sondern für jeden, der darauf vertrauen würde. Was wollte er mehr. «Das ist genug», hörte er die monotone Stimme der alten Frau Hofer.

Die Sonne verschwand hinter einer Wolkenwand. Der Regenbogen wurde von leichtem Nieselregen abgelöst. Steinberger ging zu seinem Wagen. Auf dem Rückweg hielt er vor einem kleinen Lokal am Marktplatz von Peißenberg. Der heiße Kaffee tat gut. Schon nach wenigen Schlucken nahm er das sehr eng geschnittene Wollkleidchen des Serviermädchens wahr. Er sah ihr nach. Es lohnte sich. Steinberger lächelte. Er ging zum Tresen und zahlte. Neben dem Ausgang befand sich eine Telefonkabine. Mal sehen, ob inzwischen etwas angefallen ist, dachte er, suchte in seinem Geldbeutel drei Groschen zusammen und wählte die Fernabfrage seines Anrufbeantworters.

«Hiller hier», gab das Band wieder, «Herr Doktor Steinberger, bitte kommen Sie unverzüglich in Ihre Wohnung.» Keine Uhrzeit, kein Gruß.

Das klang nicht gut. Nervös angelte er nach weiteren drei Groschen und wählte seine Privatnummer. Belegt! Er versuchte es ein zweites Mal. Wieder ohne Erfolg. Steinberger warf den Hörer auf die Gabel, setzte sich in seinen Wagen und gab Gas.

XIV

Knapp fünfzehn Minuten später war er in Weilheim. Steinberger registrierte Blaulichter, Polizeifahrzeuge und Männer in Uniformen. Einer stellte sich ihm in den Weg, als er durch die Diele lief. Schnell schob er ihn zur Seite, «Ich wohne hier», lief weiter, bis ihn Hiller aufhielt.

«Na endlich, ich dachte schon, wir müßten Sie suchen.»

«Was zum Teufel ist denn eigentlich los?»

«Es tut mir leid...»

«Ja?»

«Fräulein Maier ist tot.»

«Marie?»

Er nickte.

Steinberger sah nach links. «Hier drin?»

Hiller nickte wieder und öffnete die Tür zum Arbeitszimmer. Unschlüssig stand Steinberger auf der Schwelle und hielt sich am Türrahmen fest. Übelkeit stieg in ihm hoch, und für den Bruchteil einer Sekunde wurde sein Blick unscharf.

Er fiel nicht um. Trotz der aufgestauten Wärme im Raum und des dumpfen Geruchs.

Zwei Männer ohne Jackett in durchgeschwitzten Hemden sah er zuerst. Sie tauschten kurze Sätze aus, deren Sinn er nicht verstand, und reichten sich Gegenstände zu. Einer von ihnen kniete neben seinem Schreibtisch. Der zweite, im rechten Winkel zu ihm, unter der Tischplatte, kroch langsam hervor, erhob sich, streckte sich, stöhnte leise und griff mit Daumen und Zeigefinger leicht massierend an seine Lendenwirbel.

Erst jetzt sah er sie, Marie.

Ihre Beine vor allem. Als wären sie nicht mehr Teil ihres Körpers, schräg, abgewinkelt, unter einem nur handbreiten Stück Stoff endend. Dann ihren Oberkörper, geknickt, einfach durchgebrochen in der Mitte, gleich einer Porzellanfigur.

Sie lag mit dem Gesicht zum Boden, den Kopf seitwärts gedreht. Ihre langen blonden Haare bedeckten ihren Mund zum Teil. Durch die halbgeöffneten Zahnreihen bekamen ihre Züge ein maskenhaftes Grinsen.

Sie hatte sich erbrochen.

Über ihren Augen lag ein Blatt Schreibmaschinenpapier, das während des Sturzes oder danach von seinem Schreibtisch geweht worden war.

Er war dankbar dafür.

Er konnte sich ihren Blick vorstellen, ihr Entsetzen, ihre Angst, als sie mit dem Telefonhörer in der Hand zu Boden fiel.

Langsam löste sich seine Erstarrung.

Er wollte zu ihr.

Er wollte am liebsten alles wieder in Ordnung bringen in diesem Raum; das Telefon, die verstreuten Stifte, die Manuskriptseiten. Er wollte alles zurücklegen an seinen Platz, die Nummernschilder bei den Objekten entfernen, ebenso die Klebestreifen um und auf Maries Körper. Er wollte sich neben sie knien und sie in den Arm nehmen. Sie bei ihrem Namen rufen und zurückholen ins Leben, gerade weil er sie noch nie so im Arm gehalten hatte und weil er wußte, daß dies nun auch nicht mehr sein würde.

Hillers Hand legte sich auf seine Schulter. Steinberger drehte sich um. Die Männer sahen sich kurz an.

«War er es?»

«Sie meinen ihren Vater?»

«Natürlich.»

«Wir wissen es noch nicht. Kommen Sie bitte mit hinaus, so behindern wir nur die Spurensicherung.» Hiller schob Steinberger vor sich zur Tür hinaus.

Auf dem Eßtisch in der Diele standen einige Tassen. Über einem Stuhl hing Elisabeths Mantel.

«Wo ist meine Schwester?»

«Im Badezimmer, sie kommt sicher gleich.»

«Marie wurde vergiftet?»

«Woher wissen Sie das?»

«So etwas sieht man.» Steinbergers Stimme stockte. «Seit wann ist sie tot?»

«Unser Arzt schätzt, seit einer knappen Stunde. Die exakte Uhrzeit erfahren wir noch. Setzen Sie sich.» Hiller deutete auf einen der Stühle.

Elisabeth Steinberger kam zurück. Sie war blaß. Die Geschwister nickten sich zu.

«Seit wann bist du hier?»

«Noch nicht lange, ich bin zu spät gekommen, Franz.»

«Ich auch.»

«Ihre Schwester hat uns verständigt», begann Hiller und schob die Tassen zur Seite.

«Du warst einfach nicht aufzufinden, Franz.»

Irgendwie mußte sie auf den vorwurfsvollen Blick des Bruders reagieren.

«Natürlich habe ich zuerst versucht, dich in der Praxis zu erreichen.» Sie griff mehrere Tassen auf einmal und räumte sie zurück in den Geschirrschrank. «Ich wollte Kaffee kochen, aber es war nicht möglich. Man hat mich sofort wieder aus der Küche geschoben. Alle angebrochenen Lebensmittelpackungen wurden beschlagnahmt. Auch das Kaffeepulver.»

«Wir wissen weder womit noch wodurch sie vergiftet wurde», erklärte Hiller, «und können kein Risiko eingehen.»

«Haben Sie denn einen Streifenwagen vorbeigeschickt?»

«Ja, fünfmal im Laufe des Tages. Das letzte Mal gegen fünfzehn Uhr. Sie war immer allein. Nach Herrn Maier läuft bereits eine Fahndung. Weit kann er nicht sein.»

«Es riecht nach abgestandenem Rotwein. Das halte ich nicht aus. Könnte man in der Küche nicht das Fenster öffnen?»

Steinberger sah Hiller an und fügte erklärend hinzu: «Ich mußte heute vormittag schon eine alkoholisierte Patientin ertragen.»

«Nein, erst wenn die Spurensicherung abgeschlossen wurde.»

«Ich verstehe.»

«Ich hatte schon den Spüllappen genommen und wollte den

verschütteten Wein aufwischen.» Elisabeth Steinberger rieb ihre Hände. Sie waren leicht gerötet. «Das war so ein Hausfrauenreflex. Natürlich ist mir klar, daß das nicht geht.»

«Spüllappen, Wein, Kaffeepulver, wovon reden wir hier eigentlich? Vor wenigen Stunden noch war Marie voller Zukunftspläne, träumte von einem eigenen Backbuch und war glücklich. Und dann kommt dieser Mensch... – das ist einfach unvorstellbar. Was noch unvorstellbarer ist, ich hatte den ganzen Tag nichts Besseres zu tun, als mich mit lauter Neurotikern herumzuschlagen. Statt daß ich bei ihr geblieben wäre. Wir haben die Situation heute morgen total unterschätzt. Wir beide.» Steinberger deutete auf Hiller und auf sich. «Ich verstehe das alles nicht.»

«Da gibt es auch nichts zu verstehen.» Hiller war gereizt. «Mord wird immer unverständlich bleiben, obwohl in unseren Gerichten heute mehr psychologisiert wird als Recht gesprochen. Ich muß Ihnen einige Fragen stellen. Auch wenn der Augenblick unpassend ist, ein passenderer wird nicht kommen.»

Steinberger nickte.

«Kommen wir noch einmal auf den Rotwein.» Hiller lehnte sich etwas zurück. «Der Geruch ist zu erklären. In der Küche wurde eine Flasche umgestoßen, vor ungefähr eineinhalb Stunden. Sie ist schon auf dem Weg ins Labor, aber der Geruch hat sich noch nicht verflüchtigt. Es befand sich nur noch ein Bodensatz in der Flasche. Wir gehen davon aus, daß sie angebrochen war. Zumindest der Korken, den wir auf dem Fußboden gefunden haben, wurde schon vor einiger Zeit gezogen und mehrmals wieder auf den Flaschenhals gedrückt. Die Reste auf Küchenschrank und Fußboden ergeben, grob geschätzt, einen Viertelliter. Ein Achtelliter wurde laut Rezept in einem Rotweinkuchen verarbeitet, vier Eßlöffel in der entsprechenden Zuckerglasur. Dann fehlt immer noch ein guter halber Liter. Hat Ihr Hausmädchen heimlich getrunken?»

«Mit Sicherheit nicht exzessiv. Und heimlich schon gar nicht.

Der Rotwein war von mir. Sie hat mich heute morgen um den Rest der Flasche gebeten, weil sie ein neues Kuchenrezept ausprobieren wollte.»

«Wir haben eine Zutatenliste in der Küche gefunden.» Hiller reichte Steinberger ein Blatt Papier. «Ist das Fräulein Maiers Handschrift?»

«Das Rezept hat sie selber erfunden, für einen Backwettbewerb. Der Wein war übrigens in Ordnung. Ich habe zwei Gläser davon getrunken.»

«Wann?»

«Gestern abend.»

«Weil wir gerade dabei sind, haben Sie irgend etwas Ungewöhnliches bemerkt, gestern, heute oder früher?»

«Nein.»

«Doch, die Terrassentür», rief Elisabeth. Mittlerweile war sie dazu übergegangen, ihre Handinnenflächen mit den Fingernägeln zu kratzen.

«Was war damit?»

«Nichts weiter, sie stand offen, und ich erinnerte mich nicht, sie geöffnet zu haben. Meine Schwester hat mich zufällig zur gleichen Zeit angerufen, und wir haben kurz darüber gesprochen. Das war alles. Wahrscheinlich hat Marie die Tür nicht ordentlich verschlossen.»

«Haben Sie das überprüft?»

«Nein, dazu war mir der Vorfall zu unwichtig.»

«Er war aber wichtig genug, daß Sie mit Ihrer Schwester darüber gesprochen haben.»

«Ich glaube, ich habe Marie am nächsten Morgen gebeten, darauf zu achten, daß alle Türen geschlossen sind, wenn sie das Haus am Nachmittag verläßt, auch im Hinblick auf ihren Vater.»

Steinberger stand auf und ging zu dem Geschirrschrank. Neben den Tassen lag eine Postkarte. Er reichte sie Hiller. «Das ist sie übrigens.»

«Wer?»

«Die Postkarte, von der ich heute morgen sprach.»

«Richtig.» Hiller las: «‹Mein lieber Schatz...› Die Karte wird uns auch nicht weiterhelfen. Der Text kann alles mögliche bedeuten.»

«Leider!»

«Wo waren Sie vor und nach der Beerdigung?»

Steinberger schwieg. Er hatte es schon öfter gesehen, und doch lief ihm jedesmal aufs neue ein kalter Schauer über den Rücken. Sie waren einfach furchtbar, diese schmalen langen Zinksärge. In diesem lag Marie. Wie sehr hatte er sich gewünscht, daß sie einmal lachend und aufrecht sein Haus verlassen würde, gefestigt, voller Selbstvertrauen und Lebenslust. Nicht so.

«Wie bitte?»

«Ich habe Sie gefragt, wo Sie vor und nach der Beerdigung waren.» Hillers Stimme wurde amtlich.

«Vorher war ich in der Praxis, und nachher bin ich spazierengegangen, um nachzudenken.»

«Wo?»

«Auf dem Hohenpeißenberg.»

«Bei dem Wetter?»

«Zwischen halb drei und vier Uhr hat es nicht geregnet. Was soll denn das?»

«Ich frage Sie nach Ihrem Alibi.»

«Glauben Sie allen Ernstes, ich hätte Marie umgebracht?»

«Ich glaube gar nichts, für mich zählen Tatsachen. Eine davon ist, daß in den letzten drei Tagen zwei Menschen zu Tode gekommen sind, und beide standen irgendwie mit Ihnen in Verbindung.»

«Und was schließen Sie daraus?»

«Im Augenblick noch nichts. Im Augenblick ist für mich noch alles offen.»

Steinberger sah Hiller verständnislos an.

«Also, wurden Sie gesehen auf Ihrem Spaziergang?»

«Warum sollte ich sie umgebracht haben?»

«Was weiß ich, sie war ein junges hübsches Mädchen, Sie sind ein älterer Herr, solche Geschichten gibt es.»

«Das ist ungeheuerlich.»

«Haben Sie einen Zeugen für Ihren Ausflug?»

«Für den Weg nicht, aber gegen halb vier Uhr habe ich eine Tasse Kaffee getrunken, in einem Lokal in Hohenpeißenberg. Von dort habe ich auch die Fernabfrage meines Anrufbeantworters abgerufen. Das Serviermädchen wird sich erinnern.»

«Warum haben Sie das nicht gleich gesagt?»

«Hätte ich sonst erfahren, was Sie denken?»

«Was ich hier tue, ist kein Frage-und-Antwort-Spiel auf der Couch. Ich führe Ermittlungen in zwei Mordfällen durch.»

Steinberger kam nicht zum Antworten. Seine Schwester sprang auf, stürzte ins Badezimmer, drehte den Wasserhahn auf und hielt ihre Hände unter das kalte Wasser. «Franz», rief sie, «Franz, was ist mit meinen Händen los?»

Steinberger ging ihr nach, drehte das Wasser ab und reichte ihr ein frisches Handtuch. Ihre Hände waren stark gerötet und mit kleinen dunklen Punkten übersät.

Sie kamen beide zurück. «Es sieht aus wie eine allergische Reaktion. Das Kratzen ging mir schon die ganze Zeit auf die Nerven, ich wollte nur nichts sagen.»

«Seit wann haben Sie das?» Hiller sah auf ihre Finger. «Vor einer Stunde habe ich davon noch nichts bemerkt.»

«Seit wir hier sitzen.»

«Hör endlich auf zu kratzen, du machst das nur noch schlimmer.» Steinberger wurde ärgerlich. «Ich wußte gar nicht, daß du auf irgend etwas allergisch reagierst.»

«Das tue ich auch nicht, Franz, mit einer Ausnahme, aber das kannst du nicht wissen, das ist schon zu lange her.»

«Was war das?» Hiller hatte sein Notizbuch hervorgekramt und legte es aufgeschlagen vor sich auf den Tisch.

«Unmittelbar nach dem Krieg, 1946/47, kamen die ersten Kaltwellen in unsere Frisiersalons. Es war eine stundenlange furchtbare Prozedur, aber ich mußte das unbedingt haben. Man saß einen halben Tag mit einer chemischen Verbindung auf dem Kopf unter der Trockenhaube. Jedesmal, wenn ich mit meinen

Händen an die Lockenwickler kam, weil es juckte oder ziepte, bekam ich diese Hautreaktionen.»

«Wissen Sie noch, was das für eine Masse war?»

«Irgendeine Bromverbindung. Aber was genau, weiß ich nicht mehr. Chemie ist nicht meine Stärke. Später reagierte ich auch auf der Kopfhaut. Ich habe das nur einmal machen lassen und dann nie wieder. Nur, diese Verfahren gibt es schon lange nicht mehr, mittlerweile hat man da viel schonendere Möglichkeiten.»

«Das kann es wohl schlecht gewesen sein, Elisabeth.»

«Meine Hände sahen aber genauso aus.»

«Was haben Sie hier angefaßt, Frau Steinberger?»

«Ach, du liebe Güte, viel. Türklinken, Tassen, Wasserhähne, Handtücher, einen Spüllumpen, ich weiß das gar nicht mehr alles.»

Hiller schrieb mit: «Wir überprüfen das.» Er stand auf und steckte Stift und Notizbuch ein. Seine Mitarbeiter hatten nach und nach das Haus verlassen.

«Ist es möglich, daß Sie heute woanders übernachten, Herr Steinberger? Wir können die Küche noch nicht freigeben. Vielleicht müssen wir nachermitteln. Trotzdem müßte ich wissen, wo ich Sie heute und morgen finden kann für den Fall, daß sich etwas Neues ergibt. Zudem würde ich Sie gerne noch einmal sprechen.»

«Im Anschluß an unser Gespräch fahre ich mit Elisabeth in eine Apotheke und dann in die Praxis.» Er deutete auf ihre Hände.

«Heute nacht und morgen früh bin ich bei meiner Schwester zu erreichen. Zwischen acht und dreizehn Uhr finden Sie mich in der Praxis, und von dreizehn bis sechzehn Uhr stehe ich zu Ihrer Verfügung. Von sechzehn bis neunzehn Uhr habe ich noch einmal Sitzungen. Danach würde ich gerne wieder in mein Haus. Geht das?»

«Ich denke ja.» Hiller zog seinen Mantel an. «Ich erwarte Sie morgen um vierzehn Uhr in meinem Büro. Vielleicht sind wir dann schon weiter.»

«Vielleicht. Wer verständigt eigentlich Maries Eltern?»

«Das übernehmen Kollegen von uns vor Ort. Es ist am besten so.»

XV

Franz fühlte sich in Elisabeths Gästezimmer unwohl. Jedesmal, wenn er die Augen öffnete, war der trockene braungraue Lehmboden verschwunden, und er sah auf den geschwungenen Chippendaleschrank mit den aufgesetzten Zierleisten. Es war eines der wenigen Stücke aus seinem Elternhaus, das im Zweiten Weltkrieg nicht verbrannt war. Früher stand er im Schlafzimmer, gerade so wie jetzt, dem breiten Doppelbett gegenüber.

Steinberger schloß die Augen. Der Lehmboden war wieder da. Die spärlichen Grasnarben kehrten in seine Erinnerung zurück. Außen von sonnenverbrannter, gelbweißer Tönung, innen noch grün, doch bereits mit bräunlichen Spitzen von der Trockenheit gezeichnet. Damals trug er die verhaßten Schnürstiefel, deren Bänder immer rissen, kürzer und kürzer wurden und von seinen kleinen Fingern kaum mehr zu binden waren. Die Hose war noch kniefrei und schützte bei Stürzen kaum. Die Taschen waren gut. Rechteckig, geräumig, ohne Löcher. Ausreichend für die gesamten Besitztümer eines fünfjährigen Jungen. Bindfaden, ein abgebrochenes Küchenmesser und Murmeln. Bunt, aus gebranntem Ton die meisten, zwei aus farbigem Glas. Dann war da noch eine Linie in den Boden geritzt, die er nicht übertreten durfte. Und die Kuhle, für die Murmeln, unendlich weit weg. Alle standen um ihn herum und warteten. Sollte er, oder sollte er nicht? Die Kuhle konnte er nicht erreichen, das war klar, aber wenn er nicht setzte, war er beim nächsten Spiel draußen. Seine Hand glitt in die Hosentasche. Das erste, was ich anfasse, setz ich, dachte er. Irgendwie hoffte er wohl, der Bindfaden läge obenauf und die Entscheidung, Einsatz oder nicht, würde ihm abgenommen. Es kam anders. Er fühlte es sofort, kühl und groß, es war eine Murmel aus Glas. Er zog sie aus der Tasche und hielt sie in der geöffneten Hand. Seine schönste.

«Oh», sagte Marie neben ihm, «sie ist wundervoll. So rund und rot.»

«Nun mach schon», rief Hiller, «wir warten alle», und kam von der anderen Seite des Spielfeldes zu ihm herübergelaufen. Er packte Marie und stellte sie auf die Seite. «Du spielst nicht mehr mit, du bist tot», entschied er. Dann kniete er nieder und sah starr auf den dünnen Strich zu seinen Füßen. «Wenn du die Linie übertrittst, bist du draußen.»

«Weiß ich selber», sagte er trotzig, holte Schwung und ließ die Murmel los.

Sie rollte.

Sie rollte gut, besser, als er erwartet hatte, doch da, da stand Marie, mitten in der Bahn. «Nimm Marie da weg», schrie er, «Elisabeth, hörst du nicht, nimm Marie da weg.»

Zu spät! Die Murmel rollte und wuchs und wuchs und rollte lawinengleich über Marie hinweg zur Kuhle, schneller und schneller.

«Halt», rief er, «haltet sie an, ich spiele nicht mehr mit», und jagte hinter der Kugel her bis zum Horizont.

«Wo ist sie?» fragte er Hiller, als er sie aus den Augen verloren hatte.

«Weitergerollt.»

«Wohin?»

«Direkt in ihren Schlund.»

«Wohin?»

«In ihren Schlund, in ihren schlingenden Kuhlenschlund, in Lauras Unersättlichkeit.»

«Hol sie zurück. Sie gehört dir.»

«Das geht nicht.»

«Warum?»

«Nichts und niemand kommt wieder, der einmal in ihr versunken ist.»

Dann wieder der Schrank. Chippendalebögen. Synchron zu seinen Augen, die sich langsam öffneten, verschob sich sein Traumbild, und aus dem graubraunen, rissigen Lehm wurde Haselnußfurnier.

Wie damals, vor mehr als fünfzig Jahren, als das warme Bett der Eltern zum Fluchtpunkt wurde vor allen Bewohnern der Unterwelt, wie damals weinte er sich leise in den Schlaf.

XVI

Auf sein Äußeres verwendete Franz Steinberger immer große Sorgfalt. Doch an Tagen, an denen die Welt um ihn herum zusammenzubrechen drohte, war es ihm besonders wichtig. Zu seinem dunkelgrünen Wolljackett wählte er ein reinweißes Hemd. Es harmonierte sowohl mit der Jacke als auch mit der Hose. Gestern abend hatte er wahllos alles mögliche eingepackt, weil er sich mit diesen Dingen nicht beschäftigen wollte. Heute war er froh, daß sich unter den fünf verschiedenen Socken in seinem Koffer die grauen mit dem dunkelgrünen Streifen am Bündchen befanden. Mit der Auswahl an Krawatten war er unzufrieden. Die passende hing bei ihm zu Hause. Doch es fand sich eine erträgliche Alternative.

Elisabeth hatte den Frühstückstisch auf der überdachten Veranda gedeckt. Es war lieb gemeint, doch morgens um sieben Uhr beinahe noch etwas zu kühl. Bei jedem Gegenstand, den er auf dem Tisch sah, von der Marmelade über die frischen Brötchen bis zur Thermoskanne, mußte er an Marie denken. Sie würde nicht mehr dasein, wenn er nach Hause käme, würde nicht mehr singen, lachen, neugierige Fragen stellen oder auch weinen, wenn es sein mußte.

Nicht nur sie hatte das Leben verloren, sondern das Leben hatte auch Marie verloren. In der Summe allen Lachens dieser Welt wird ab heute das ihre fehlen.

«Du hast schlecht geschlafen?» Elisabeth reichte ihm den Brotkorb. Er lehnte ab.

«Ich habe geträumt. Furchtbar, ein Alptraum. Ich stand mit der gleichen Hilflosigkeit meinen Problemen gegenüber wie früher. Alle um mich herum haben irgendwie agiert, nur ich konnte nichts tun als zuzusehen.»

«Früher bist du fast jede Nacht heulend in das Bett der Eltern.»

«Nicht jede Nacht.»

«Aber sehr viel öfter als ich. Wenn ich kam, hieß es immer, ich wäre ein großes Mädchen.»

«Das hast du an anderer Stelle aber auch wieder ausgespielt.»

«Ich habe das Beste daraus gemacht. Franz, ich bin zwar nicht die Mutter, aber ausweinen kannst du dich bei mir auch.»

«Aber das tue ich doch gerade, Elisabeth. Vielen Dank.»

«Möchtest du wirklich nichts essen?»

«Nein. Gib mir noch einen Schluck Kaffee, dann muß ich gehen. Ich habe heute volles Programm.»

«Franz, noch etwas, ich muß das ansprechen, auch wenn der Zeitpunkt schlecht gewählt ist.»

«Ja?»

«Du tust Eva unrecht.»

«Ich habe ihr gestern einen Termin genannt. Aber sie ist nicht gekommen.»

«Sie hat es mir erzählt. Du hast ihr zwanzig Minuten angeboten. In dieser Zeit ist kein vernünftiges Gespräch möglich.»

«Wenn man sich auf das Wesentliche beschränkt, schon. Im übrigen war es eine halbe Stunde.»

«Macht das einen großen Unterschied?»

«Mehr Zeit habe ich nicht.»

«Franz?»

«Ja?»

«Ich habe Eva heute zum Abendessen eingeladen. Es muß doch einen Weg geben. Wenn du ihr nicht entgegenkommst, wird sie dich möglicherweise verklagen.»

«Das kann sie nicht, wir hatten Gütertrennung. Außerdem wäre das meine Sache.»

«Sie hat einen Mietvertrag unterschrieben und muß zum 1. Juli eröffnen. Jetzt sperr dich doch nicht so. Ich will nur verhindern, daß das Ganze eskaliert. Vielleicht sprecht ihr im Beisein eines Dritten sachlicher miteinander. Also komm bitte heute abend.»

«Nein, ich komme nicht, und ich möchte, daß du dich da raushältst. Ob wir unsere verfahrene Situation bewältigen oder nicht, das geht nur mich und Eva etwas an. Also ...»

«Wie redest du denn mit mir?»

«So klar, wie ich es schon längst hätte tun sollen. Merkst du denn nicht, daß du die Situation nur verschärfst, indem du Eva immer wieder Gelegenheit gibst, bei dir über mich herzuziehen? So wird sie meinen Argumenten nie zugänglich. Wenn du deine Finger aus unseren Angelegenheiten rausgehalten hättest, dann wäre sie gestern in der Praxis erschienen. Wir hätten Tacheles miteinander geredet, und vielleicht hätten wir uns die Köpfe eingeschlagen, wer weiß. Aber in jedem Fall wären wir ein Stück weiter. Sie wüßte, wie ich denke, und ich wüßte, was sie plant.»

«Aber ich ...»

«Ich bin noch nicht fertig. Ich schätze dich wirklich sehr, Elisabeth, aber unerbetene Hilfe kann ich nicht ausstehen. Ich bin, verdammt noch mal, kein Klient aus deiner Nachbarschaftshilfe, und ich möchte auch nicht so behandelt werden. Von Ehe hast du ohnehin keine Ahnung ...»

«Jetzt wirst du gemein.»

«Ja, weil ich stinkwütend bin. Du kannst zum Essen einladen, wen du willst. Aber wenn Eva Wert auf ein Gespräch mit mir legt, dann hat sie heute in meiner Mittagspause bei mir vorbeizukommen. Zwischen 12.10 und 13.00. Und zwar allein. Richte ihr das aus.»

Elisabeth sah ihn entgeistert an.

«Tut mir leid, daß das Frühstück so enden mußte. Trotzdem, vielen Dank für Kaffee und Nachtquartier.» Er nahm seinen Mantel und ließ die Tür hinter sich ins Schloß fallen.

Gegen Mittag, er hatte gar nicht mehr an Eva gedacht, erschrak er beinahe, als sie auf Frau Schneiders Stuhl saß, während er seinen Patienten zur Tür brachte.

«Muß das sein?» fragte er, als sie allein waren, und deutete auf ihren sehr weit hochgeschobenen engen Rock und auf die Zigarette.

«Du hast mir nur die Uhrzeit und den Ort unseres Treffens diktiert, nicht meine Garderobe. Selbstverständlich hätte ich mich danach gerichtet. Ganz wie der Herr wünschen. Ich wäre auch als Nonne gekommen oder nackt oder...»

«Du bist nicht einmal mehr witzig.» Steinberger öffnete die Tür zu seinem Sprechzimmer. «Komm, ich möchte nicht, daß es im Empfang nach Rauch stinkt.» Er wies ihr einen Stuhl zu und drückte ihr ein kleines Schälchen in die Hand. «Für die Asche. Aufhören kannst du ja wahrscheinlich nicht, auch nicht für dreißig Minuten.»

Eva setzte sich und schlug die Beine übereinander. Der Rock war wirklich sehr eng.

«Ist das deine zukünftige Arbeitskleidung?»

«Das geht dich einen Scheißdreck an.»

«Das sehe ich anders, solange du meinen Namen trägst.»

«Ach ja, deinen guten Namen. Meiner ist es wohl nicht oder nicht mehr. Sag mal, können wir nicht aufhören mit diesen ewigen Sticheleien? Bitte, Franz, ich habe einen wundervollen Laden gefunden, mit einer akzeptablen Miete, gleich dort drüben. Ich glaube, man kann ihn sogar von hier aus sehen.» Sie stand auf und ging zum Fenster. «Schau mal.»

Steinberger blieb stehen.

«Dann eben nicht!» Eva setzte sich wieder. «Vor vier Wochen hat dir mein Anwalt geschrieben. Falls du den Brief überhaupt gelesen hast, kapier ich nicht, warum du dich nicht gerührt hast.»

«Weil ich auf dieses Angebot nicht eingehen möchte. Ich werde doch nicht Teilhaber einer Herrenboutique mit zwielichtigen Angeboten.»

Eva überhörte die «zwielichtigen Angebote». «Das mußt du ja nicht. Dieser Vorschlag war nur für den Fall gedacht, daß du irgendwelche Sicherheiten möchtest. Aber wenn es auch so geht, um so besser. Das ist doch für dich sehr vorteilhaft. Ich verzichte zeitlebens auf Unterhalt, dafür gibst du mir für meinen Laden eine Abschlagszahlung von 100 000 DM, und für weitere 200 000 DM bürgst du. Das ist doch sehr vorteilhaft für dich.» Sie lief noch einmal hinaus in die Diele, griff sich ihre Umhängetasche, die noch über Frau Schneiders Stuhl hing, und zog ein dickes braunes Kuvert heraus. «Hier, das sind die Unterlagen von der Bank und der Grundriß vom Laden.» Sie legte es ihm auf den Schreibtisch, setzte sich und sah ihn erwartungsvoll an. «Schau doch wenigstens mal rein. Die Fakten sprechen für sich.» Franz Steinberger ließ sich in seinen Sessel fallen. Er rührte das Päckchen nicht an. «Und was ist in zwei Jahren, wenn du Konkurs angemeldet hast?»

«Du traust mir das nicht zu.»

«Du bist keine Kauffrau, Eva. Du bist engagiert, spontan, begeisterungsfähig, aber du hast noch nie in deinem Leben eine Bilanz gelesen.»

«Das kann man lernen.»

«Nur bedingt. Man muß auch der Mensch dazu sein, und das bist du nicht. Jetzt findest du die Idee schick. Aber später, wenn du zwölf bis vierzehn Stunden am Tag hinter deiner Theke stehen mußt und trotzdem am Monatsende die Lieferantenrechnungen nicht begleichen kannst, schmeißt du alles hin. Was ist dann?»

«Dann ist das immer noch mein Problem.»

«Da irrst du dich. Ich bin in Weilheim nicht irgendwer. Ich habe einen Ruf zu verlieren. Und wenn du hier pleite gehst und möglicherweise dabei noch anderen Firmen schadest, trennen die Leute nicht mehr nach verheiratet und geschieden. Für die bist und bleibst du meine Frau, ob du willst oder nicht. Kapierst du eigentlich gar nicht, daß es mir weniger um das Geld geht, sondern um dich? Ich könnte mir einen so hohen Verlust vielleicht sogar noch leisten, aber für dich wäre es eine Katastrophe.»

«Du willst aber jetzt nicht ernsthaft behaupten, daß du meine

Bitte nur ablehnst, weil du es so furchtbar gut mit mir meinst.» Ihre Stimme bekam einen bedrohlichen Unterton.

«Doch.»

«Heißt das, ich kann mit deiner Hilfe nicht rechnen?»

«Für dieses Projekt nicht. Wenn du eine Fortbildung machen möchtest, um in deinem Beruf als Krankenschwester wieder fit zu werden...»

«Der Papa entscheidet, was gut für das Kind ist. Ich glaub, ich spinne. Du bist ein mieser, kleiner, gemeiner Scheißkerl. Ich kann dir sagen, was mit dir los ist, Herr Oberanalytiker. Weil ich mein Leben nicht mehr mit dir teilen will, deshalb soll ich auch kein eigenes führen dürfen. Das ist nichts anderes als eine Bestrafungsaktion. Um meinetwillen lehnst du das ab, daß ich nicht lache. Ich bin dir doch völlig wurscht. Du fürchtest meinen Erfolg, weil du ihn mir nicht gönnen könntest.» Sie sprang auf, griff ihre Tasche und schrie: «Ich werde kriegen, was ich will, verlaß dich darauf, Franz, auch von dir.»

Dann war sie weg. Steinberger starrte noch immer auf das Kuvert. Ein Tag war das heute wieder! Er öffnete das Fenster, kalter Zigarettenrauch war ihm zuwider. Unten stakste Eva mit ihren spitzen Absätzen über das Kopfsteinpflaster. Selbst wenn sie wütend war, bewegte sie sich noch erotisch. Es war ihr Temperament, ihre Spontaneität und ihr herrlicher Gang, warum er sich seinerzeit Hals über Kopf in sie verliebt hatte.

Pünktlich um vierzehn Uhr stand er vor Hillers Büro. Man bat ihn einzutreten, Platz zu nehmen und einen Augenblick zu warten. Ihm war es recht. Der angebotene Stuhl stand in der Sonne, deshalb ging er zu dem leicht geöffneten Fenster und sah auf die Straße. Die Hektik des Mittagsverkehrs erreichte ihn nicht. Er hatte einen anstrengenden Vormittag hinter sich und empfand diese kleine Pause als wohltuend. Marie ging ihm nicht aus dem Kopf, auch nicht während der Therapiestunden. Kein Wunder, er hatte das Mädchen liebgehabt, und er fühlte sich schuldig.

Auf dem grünen Linoleumbelag hörte er seine eigenen

Schritte. Er trat hart auf mit der Absatzkante, wie immer, wenn er aus Nervosität hin und her lief. Bislang dachte er, es sei eines jener üblichen Klischees, daß Amtsräume nach Bohnerwachs riechen, aber hier roch es tatsächlich so. Eine Mischung aus Angst, Schweiß, Bohnerwachs und kaltem Rauch, der fest in den Mauern hing und geöffneten Fenstern widerstand.

Auf Hillers Schreibtisch lag ein Buch, aufgeschlagen, mit dem Rücken nach oben. Er zog seine Brille aus der Jackettasche, seine Vermutung war richtig. «Das ist auch schon wieder zwei Jahre her», dachte er, als er den Band in die Hand nahm. «Steinberger» stand auf dem blauen Schutzumschlag, «Praxis der systemischen Therapie». Es war seine jüngste Veröffentlichung.

Hiller hatte eine Stelle gelb unterlegt.

«Manchmal, so lehrt uns die Chaostheorie, ist es nur eine ganz kleine Abweichung, eine periphere Turbulenz, die einen unerwarteten Systemwechsel einleiten kann. Über zunächst verborgene Kettenreaktionen kann ein unmerklich veränderter, gleichsam geladener Aggregatszustand eintreten, der dann das gesamte vorherige Gleichgewicht außer Kraft setzt...»

Laura Daum, der Gedanke kam ihm gleichzeitig mit dem Lesen. Hiller suchte eine passende Theorie zu seinem Verdacht. Er legte den Band zurück. Sie waren beide auf der gleichen Spur.

Er hatte sich einige Unterlagen aus der Kartei Daum mitgenommen, für den Fall, daß es längere Wartezeiten geben würde, aber im Augenblick war ihm nicht nach Lesen. Seine Kopfschmerzen machten ihm wieder zu schaffen, wie häufig bei dieser Wetterlage. Dagegen halfen nur Ruhe und frische Luft.

«Grüß Gott, Herr Dr. Steinberger.» Hiller stand plötzlich hinter ihm. «Tut mir leid, daß Sie warten mußten.»

«Kein Problem.»

«Kann ich Ihnen etwas anbieten? Tee? Kaffee?»

«Nein danke, sehr freundlich.» – Er sah ihn an. «Haben Sie ihn?»

«Wen?»

«Ich habe mich etwas verkürzt ausgedrückt. Maries Vater.»

Er nickte. «Die Kollegen in Landshut haben ihn festgenommen.»

«Demnach war er gar nicht in Weilheim?»

«Nein, er hat das beste Alibi, das man nur haben kann. Nach seiner Entlassung hat er noch in Straubing einen Porsche geklaut und ist mit total überhöhter Geschwindigkeit über die Autobahn Richtung München gerast. Bei Landshut wurde er aufgegriffen, und zur Todeszeit seiner Tochter wurde er von den Kollegen vernommen. Er hat angegeben, daß er seine Tochter besuchen wollte, allerdings um sich mit ihr zu versöhnen und sie zu einem kleinen Ausflug einzuladen. Deshalb der Porsche. Die Todesnachricht soll ihn wirklich erschüttert haben. Er wollte unbedingt Ihre Telefonnummer, um Sie etwas zu fragen.»

«Mich?»

«Ja, ich weiß gar nicht, ob man sie ihm gegeben hat, aber das ist auch egal. Sie stehen im Telefonbuch.»

«Er wird Einzelheiten über Maries Tod wissen wollen, nehme ich an. Das ist sein gutes Recht.»

«Wie auch immer, es ist sehr unwahrscheinlich, daß er mit der Sache zu tun hat, egal, was er bei Marie Maier wollte. Schlimmstenfalls ist ihm jemand zuvorgekommen.»

«Das habe ich befürchtet.» Steinberger sah Hiller an. «Ich habe es befürchtet, als ich Marie sah. Er hätte sie mißhandelt, erschlagen, erwürgt; wer weiß, wozu ein Mensch fähig ist, in dem sich über zwei Jahre Haß aufgestaut hat. Aber er hätte sie nicht vergiftet. Das paßt nicht.»

«Da haben Sie recht.»

«Diese Gestalt, gestern auf dem Friedhof, war das Frau Daum?»

«Wenn ich das wüßte. Ich konnte sie leider nicht einholen. Unmittelbar an der Friedhofsmauer ist sie verschwunden. Dummerweise habe ich das Gelände vorher nicht absichern lassen. Ein idiotischer Fehler, sonst wüßten wir jetzt mehr.»

Die beiden Männer standen noch immer. Hiller rückte einen Stuhl vor seinen Schreibtisch. «Wollen Sie sich nicht setzen?»

fragte er, während er sich hinter einem Berg unerledigter Vorlagen niederließ. Steinberger nahm Platz.

Hillers Stimme wurde amtlich. «Nun erst einmal zum Wichtigsten, Herr Dr. Steinberger. Wir haben die Angaben über Ihren Verbleib zur Tatzeit überprüft. Sie waren richtig. Auch wenn Sie theoretisch in der Zeit von 15 Uhr bis 15.30 einmal von Weilheim nach Peißenberg und wieder zurückfahren könnten, glauben wir nicht, daß Sie es getan haben. Die Räume in Ihrem Haus können Sie wieder uneingeschränkt benutzen.

Unsere Spurensicherung ist abgeschlossen. Im übrigen habe ich Sie nie für den Täter gehalten.»

«Und warum dann die ganze Geschichte mit dem Alibi?»

«Wir wissen nie, wie sich ein Fall entwickelt. Und im nachhinein lassen sich manche Tatbestände schwer sichern.»

«Das erleichtert mich. Wissen Sie, Fräulein Maier war für mich mehr als eine Hausangestellte. Ich sah in ihr ein junges Mädchen, das ein schweres traumatisches Erlebnis verarbeiten mußte. Da sie in meinem Haus nicht ganz so stark gefordert war, wie sie es vielleicht in einem Mehrpersonenhaushalt oder einer Großküche gewesen wäre, hatte sie hier Gelegenheit, sich persönlich und beruflich fortzubilden. Das war wichtig für ihr Selbstwertgefühl. Sie war sehr kreativ, besonders im Erfinden neuer Backrezepte, und hat schon einschlägige Wettbewerbe gewonnen.

Als sie zu mir kam, war sie eine kleine, schüchterne graue Maus.» Steinberger lächelte. «Es hat mir einfach Freude gemacht, zu sehen, wie sie sich entwickelte und ihr Selbstbewußtsein von Erfolg zu Erfolg stieg. Sie hatte ein so heiteres unkompliziertes Wesen, daß der Umgang mit ihr für mich eine Art Gegenpol zu meinem beruflichen Engagement wurde. Für einen Laien ist es oft nicht vorstellbar, was in meinem Fach tagtäglich an negativer Energie aufgenommen und auch verarbeitet werden muß. Sie kennen das Problem sicher auch, wenn Sie sich nach Dienstschluß in Gedanken oder sogar in Ihren Träumen mit beruflichen Problemen weiterbeschäftigen.»

Steinbergers Stimme wurde weich, während er erzählte, liebevoll. Hiller unterbrach ihn nicht. Er nickte.

«Die Frage, was so eine permanente emotionale Überbeanspruchung mit uns macht, wenn wir keinen Ausgleich dazu herstellen, liegt nahe. Für mich war Marie, ihre Fröhlichkeit am Morgen und ihre Zufriedenheit am Abend einer von mehreren Ruhepunkten in meinem Leben. Vielleicht sagt der alte Begriff Haustochter etwas über die Qualität unserer Beziehung.»

«Ich habe Sie gestern verletzt.»

«Ich nehme Ihnen das nicht übel. Wir suchen beide die Wahrheit. Für Sie zählen dazu ausschließlich Fakten, für mich auch Vermutungen. Es sind zwei Wege zu einem Ziel. Sie können nur von dem ausgehen, was Sie sehen. Mir wurde dabei klar, wie selten offensichtlich solche Beziehungen sind.»

«Ja, das sind sie.» Hiller hörte aufmerksam zu.

«Ich kann mir einfach nicht vorstellen, daß irgend jemand Marie etwas zuleide tun wollte, von ihrem Vater einmal abgesehen. Aber das liegt noch einmal auf einer anderen Ebene.»

«Ich auch nicht.»

«Sie meinen, dieser Anschlag war nicht für sie gedacht?»

«Ja.»

«Für mich?»

«Ja, Herr Doktor Steinberger.»

«Das ging mir schon gestern durch den Kopf.»

«Mir auch, doch ich wollte erst einmal mit Ihnen allein darüber sprechen, bevor wir Ihre Schwester beunruhigen.»

«Danke, das war sehr rücksichtsvoll.»

«Dann ist Ihnen wahrscheinlich auch klar, daß der oder die Täter diesen Versuch wiederholen werden.»

«Ja.»

«Nur Sie können wissen, wer dafür in Frage kommt. Das heißt, nur mit Ihrer Hilfe können wir den Personenkreis eingrenzen.»

«Und genau das wird unser Problem.»

«Nun, in erster Linie wird es Ihr Problem, Herr Steinberger.»

«Sie denken an Laura Daum?»

«Zum Beispiel. Was gab es für Gemeinsamkeiten zwischen Ihnen und Siegwart Hofer?»

«Ach, du liebe Güte, – keine, außer...»

«Außer?»

«Wir sind beide Männer.»

«Liebt Sie Laura Daum?»

«Also das müssen Sie anders sehen. In der besonderen Atmosphäre einer therapeutischen Beziehung können sich tausend Gründe ergeben, den Analytiker zu lieben, und ebenso viele, ihn auf den Tod zu hassen. Das gehört zu solchen Prozessen, die im Laufe einer Genesung ablaufen. Nur werden diese Gefühle nicht umgesetzt. Weder das eine noch das andere. Wenn eine Analyse gut zu Ende gebracht wird, dann haben sich bis zur Trennung von Arzt und Patient diese Dinge nivelliert.»

«Und wenn nicht?»

«Wenn was nicht?»

«Wenn die Analyse einer Ihrer Patienten nicht gut zu Ende geführt wurde?»

«Dann habe ich offensichtlich nicht gemerkt, daß die Ablösung noch nicht vollzogen wurde. Sonst würde ich diesen Patienten nicht entlassen. Es kann aber auch sein...»

Steinberger hörte mitten im Satz auf zu sprechen und ging zum Fenster und sah hinaus.

«Was kann sein?» Hiller kam hinter seinem Schreibtisch hervor und sah über Steinbergers Schultern. Er konnte nichts Ungewöhnliches entdecken.

«Es kann sein, daß ich wissentlich getäuscht wurde.»

«Gibt es dafür irgendwelche konkreten Hinweise?» Steinberger hatte sich mittlerweile umgedreht. Er stand Hiller unmittelbar gegenüber. Zenta Sauers Schmutztiraden gingen ihm durch den Kopf: Sie bringt Unglück, ein typischer Skorpion. Durchtrieben, hinterlistig und ohne einen Funken Anstand... «Nein, konkrete Hinweise gibt es nicht.» Er holte ein Taschentuch aus seiner Jacke und wischte sich über die Stirn. «Ich kann doch nicht nur auf einen Verdacht hin meine komplette Patientenkartei polizeilich überprüfen lassen.»

«Vielleicht müssen es nicht alle sein.»

«Es geht auch nicht bei einem einzigen.»

Hiller ging zurück zu seinem Platz. «Jetzt brauche ich einen Kaffee. Möchten Sie nicht auch?» Er sah Steinberger an. Der schüttelte den Kopf.

«Das ist eine Frage des Prinzips. Diese Menschen haben sich mir anvertraut. Es muß auch noch andere Möglichkeiten geben. – Erstellen Sie eigentlich ein Täterprofil? Ich habe darüber einen sehr interessanten Artikel gelesen.» Er setzte sich wieder auf seinen Stuhl vor Hillers Schreibtisch.

«Sie meinen das ‹Profiling›?»

«Ja.»

«Einen kleinen Moment bitte.» Hiller ging nach nebenan und kam kurz darauf mit einem Tablett wieder. «Ich habe Ihnen doch eine Tasse mitgebracht. Vielleicht bekommen Sie ja noch Lust.» Er schob einige Ordner zur Seite und stellte das Tablett in der Mitte seines Tisches ab. «Sehen Sie, Milch, Zucker, Kaffee, Tassen, Gläser, Mineralwasser, alte, trockene Kekse, alles da und vom Feinsten. Bedienen Sie sich.»

Steinberger lächelte. «Das Wasser ist eine gute Idee.» Hiller reichte ihm Flasche und Glas, schenkte sich eine Tasse Kaffee ein und lehnte sich in seinem Schreibtischstuhl zurück.

«Also», begann er, «es gibt da innerhalb der forensischen Psychologie eine neue Generation. Das stimmt. Investigative Kriminalpsychologen nennen sich die Kollegen. Eine Mischung zwischen Holmes und Freud. Sie erarbeiten Täterprofile von Serientätern – übrigens mit zuweilen spektakulären Erfolgen.»

«Das meinte ich.»

«Das Schwierige an diesem Geschäft ist, daß man nicht von einem nachvollziehbaren Motiv ausgehen kann. Diese Menschen handeln zum Teil völlig irrational. Glauben Sie, daß wir es mit einem Serientäter zu tun haben? Bis jetzt gibt es keinen Hinweis, daß unsere beiden Morde in einem Zusammenhang stehen.»

«Aber es könnte darauf hinauslaufen. Bei Frau Daum zum Beispiel haben wir beide ein ungutes Gefühl.»

«Ein Gefühl bringt uns da nicht weiter. Wenn es sich tatsächlich um einen Serientäter handeln sollte, dann bringt wirkliche Klarheit» – er sah Steinberger an –, «das klingt jetzt furchtbar makaber...»

«Was bringt erst wirkliche Klarheit?»

«...der dritte Mord. Ich glaube nicht an diese Theorie, trotzdem dürfen wir nichts unversucht lassen. Jede Serie beginnt schließlich mit einem Einzelfall. Ich werde die Kollegen konsultieren. Noch heute.»

«Danke.»

«Im Moment weiß ich nicht, wie ich Ihnen sonst helfen könnte. Ich kann Sie unmöglich rund um die Uhr beobachten lassen.»

«Das könnte ich mir auch nur schwer vorstellen. Ich denke, da muß ich mir selber helfen.» Steinberger stand auf und ging wieder einige Schritte in Richtung Fenster.

«Versuchen wir's mal anders.» Hiller kramte in seiner Schreibtischschublade herum, fand nicht das Gesuchte und schloß sie wieder. «Kannte Laura Daum Marie Maier?»

«Nicht durch mich. Völlig ausschließen kann ich das nicht, ich denke aber eher: Nein. Natürlich gibt es immer wieder Patienten, die um mein Haus herumschleichen, weil sie etwas über meine Lebensumstände erfahren möchten. Für das Gelingen einer Behandlung ist es ganz wesentlich, daß sich der behandelnde Arzt weitgehend zurücknimmt. Das heißt: Ich spreche nicht über meine Person, meine Denkweise, meine Gefühle. Und dieses Defizit versuchen sie durch Außeninformationen auszugleichen. Meistens merke ich das. – Entsprechende Äußerungen oder Fragen in der Therapie lassen da Rückschlüsse zu. Bei Laura Daum ist mir das nicht aufgefallen.»

Hiller hatte inzwischen seine Zigaretten in seiner Jackentasche gefunden.

Er hielt sie in Richtung Fenster. «Möchten Sie auch?»

«Nein danke, ich rauche nicht.» Steinberger rückte mit seinem Stuhl demonstrativ vom Schreibtisch ab.

Hiller nahm einen tiefen Zug. «Wie war das noch einmal mit Ihrer Terrassentür, vorgestern abend?»

«Wie ich es schon erzählt habe. – Warum?»

«Ach so, das wissen Sie noch gar nicht. Der Rotwein war vergiftet.»

«Der Bocksbeutel? – Aber das würde ja bedeuten, daß der Wein...»

«Richtig, daß der Wein vergiftet wurde, nachdem Sie davon getrunken hatten. Die Täter gingen wohl davon aus, daß Sie die Flasche an diesem Abend noch leeren würden.»

«Das habe ich auch.»

«Wie bitte?»

«Ich habe sie nicht geleert. Aber wenn Sie einen Zusammenhang zwischen der offenen Tür und der Giftzugabe sehen, dann muß ich das widerlegen. Ich erinnere mich genau. Ich habe die Flasche aus dem Keller geholt und geöffnet. Nach dem ersten Glas bin ich am Schreibtisch eingenickt. Gegen elf Uhr kam der Sturm und drückte die Terrassentür auf. Ich bin aufgestanden, habe die Tür geschlossen, mit meiner Schwester gesprochen und anschließend ein zweites Glas getrunken. Da war er noch in Ordnung.»

«Hat irgend etwas gefehlt?»

«Nein, doch halt, meine gestrickte Hausjacke. Auf dem Weg in den Keller hatte ich sie noch an. An meinem Schreibtisch wurde mir dann warm, und ich habe sie wohl irgendwo abgelegt. Jedenfalls war sie nach dem Sturmintermezzo nicht mehr auffindbar.»

«Und wer hat einen Schlüssel?»

«Ich, meine Schwester und Marie hatten einen. Maries Schlüssel habe ich den Herren von der Spurensicherung gegeben.»

«Gut, daß Sie das erwähnen.» Hiller reichte ihm ein rotes Schlüsseltäschchen über den Tisch. «Der ist hier.»

«Danke! Einer liegt in der Praxis, für den Fall, daß ich meinen mal verlege. Und dann gibt es noch einen, den ich nach Bedarf weitergebe, an Übernachtungsgäste zum Beispiel.»

«Wo ist der jetzt?»

«In meinem Haus, an meinem Reservebund, nehme ich an. An diesem Bund befinden sich auch der Schlüssel zum Weinkeller und ein weiterer Praxisschlüssel.»

«Sagen Sie mir bitte Bescheid, falls einer der Schlüssel nicht auffindbar sein sollte.»

«Natürlich!»

«Womit wurde der Wein denn versetzt?»

«Mit Bromat.»

«Bromat?»

«Ja, für unser Labor war das auch neu. Ihre Schwester lag übrigens völlig richtig mit ihrer Vermutung bezüglich ihrer Allergie. Das Zeug diente tatsächlich zum Fixieren von Kaltwellen, stark verdünnt, natürlich. Im Bocksbeutel war es allerdings konzentriert. Wenn es so in den Magen kommt, führt ein Milligramm in wenigen Minuten zum Tod. Mit der Menge auf dem Bodensatz der Flasche hätte man eine ganze Kompanie vergiften können, ganz zu schweigen von dem Rotweinkuchen. Selbst wenn die Verbindung nach dem Backen nicht mehr wirksam ist, bei Kaltwellen wurde die Trockenhaube nur auf achtundvierzig Grad eingestellt, der Rotwein im Zuckerguß hätte seine Wirkung getan.»

«Und so etwas gibt es im Handel?» Steinberger war entsetzt.

«Schon lange nicht mehr. Obwohl die Chemikalie stark verdünnt wurde, mußte man doch davon ausgehen, daß sie über die Kopfhaut in den Körper dringt. Auch da hatte Ihre Schwester recht. Unbedenklich war das sicher nicht. Wie geht es ihr übrigens?»

«Danke, heute morgen beim Frühstück ist mir an ihren Händen nichts Ungewöhnliches mehr aufgefallen. Wie kam sie denn damit in Berührung?»

«Durch den Spüllappen. Erinnern Sie sich? Fräulein Maier hatte etwas Wein vergossen, vielleicht beim Abmessen der vier

Eßlöffel für die Kuchenglasur, und dann schnell mit dem Lappen darübergewischt. Das war noch, bevor sie das Zeug in den Magen bekam. Später wird sie wohl einen Schluck aus der Flasche genommen haben. Wahrscheinlich dachte sie, daß es sich nicht mehr lohnt, den kleinen Rest aufzubewahren. Beim Zurückstellen könnte die Flasche umgefallen sein. Sie bekam Atemnot, ist in Ihr Arbeitszimmer gestürzt, zum Telefon, und wollte Hilfe holen. Das weitere wissen wir. Sie hatte keine Chance.»

Steinberger schwieg.

«Wo um alles in der Welt kommt das Bromat denn her?»

«So weit sind wir noch nicht.»

Strohmaier steckte seinen Kopf durch die Tür, grüßte kurz und rief Hiller zu: «Wo bleiben Sie denn, die Presse ist da, und ich weiß nicht, was ich weitergeben kann.»

«Am besten nichts», brummte der, «ich komme sofort, zwei Minuten noch.»

«Gibt es was Neues in Sachen Herzogstand?»

Steinberger sah Strohmaier an.

«Ja, und was für eine Neuigkeit! Ich habe mich mit meinen Freunden dort oben noch mal umgesehen. Raten Sie mal, was wir dort gefunden haben.»

Steinberger zuckte mit den Schultern.

«Ein Seil. Sauber aufgerollt und verknotet.»

«Ja und?»

«Es lag ein ganzes Stück unterhalb der Unglücksstelle; wahrscheinlich sollte es ganz verschwinden und ist an einem Felsvorsprung hängengeblieben.»

«Aber Herr Hofer hing doch an einem Seil, mit ihm kann es doch nichts zu tun haben.»

«Es war auch nicht seins. Das Ende des Seiles war mit einem Klebeband umwickelt, und darauf stand mit schwarzem Filzstift der Name der Besitzerin.

Laura Daum.

Sie war dabei, soviel steht fest. Und sie hatte ein zweites Seil, das mit Sicherheit seine Rettung gewesen wäre. Heute abend treffe ich mich noch mit meinen Kumpeln. Denen werde ich das Problem mal vorlegen. Lauter Experten.»

Die Tür ging zu.

«Ich muß leider gleich los», entschuldigte sich Hiller. «Aber eine letzte Frage habe ich noch, reine Routine.»

«Ja bitte.»

«Wer würde von Ihrem Tod profitieren? Oder anders gesagt: Wen haben Sie als Erben eingesetzt? Ihre Schwester?»

«Nein.» Steinberger wurde blaß. «Daran habe ich noch gar nicht gedacht.»

«Also wer?»

«Das wird Ihnen wie eine unglaubliche Schlamperei vorkommen, aber es ist so. Ich habe nach meiner Scheidung mein Testament noch nicht geändert. Meine Frau und ich, wir lebten in Gütertrennung, aus verschiedenen Gründen. Um sie aber nach meinem Tod ordentlich abzusichern, habe ich sie in einer testamentarischen Verfügung zur Alleinerbin bestimmt. Das ist sie immer noch.»

«Weiß sie das?»

«Natürlich. Allerdings weiß sie nicht, ob ich diese Verfügung mittlerweile widerrufen habe.»

«Werden Sie diese Verfügung ändern?»

«Mit Sicherheit. Sobald ich etwas Zeit habe, um mich um diese Dinge zu kümmern. Begünstigte wird die ‹Nachbarschaftshilfe›. Das ist ein gemeinnütziger Verein, den meine Schwester nach ihrer Pensionierung ins Leben gerufen hat. Eine größere Freude kann ich ihr gar nicht machen, als daß ich so ihr Lebenswerk würdige. Wir sind leider beide kinderlos.»

«Und wie war die Beziehung zu Ihrer geschiedenen Frau?»

«Darüber möchte ich keine Aussagen machen. Fragen Sie dazu meine Schwester, sie sieht das objektiver.»

«Das werden wir tun. Und noch etwas. Wenn Sie irgendeine ungewöhnliche Wahrnehmung machen, und sei sie noch so banal, melden Sie sich bitte. Ich bin auch privat zu erreichen. Sie haben meine Nummer?»

«Ja, danke.»

«Ich komme auch gerne mal umsonst, sehr viel lieber als zu spät.»

XVII

Eine halbe Stunde, das war gerade Zeit genug zum Mittagessen. Der «Rote Ochse» am Marienplatz hatte seinen Biergarten bereits eröffnet. «Durchgehend warme Küche» war auf einer schwarzen Tafel zu lesen. Steinberger hoffte, daß es ihm an der frischen Luft mit etwas Richtigem im Magen bald besser gehen würde.

Er nahm den Ecktisch, an dem er mit dem Rücken zur Wand sitzen konnte, und bestellte das Tagesgericht. Das Textilgeschäft rechts neben dem Gasthof hatte Räumungsverkauf. Große rote Banderolen mit der Aufschrift «Wir ziehen um», quer über die Fenster geklebt, versuchten mit der Aussicht auf ein Schnäppchen noch möglichst viele Kunden anzulocken.

Ausgerechnet hier also wollte Eva ihre Boutique eröffnen. Direkt vor seiner Nase. Jedesmal, wenn er aus dem Fenster sehen würde, hätte er diesen obskuren Herrenwäscheladen im Blick, mit seinem Namen groß über der Eingangstür. Eine abgrundtiefe Gemeinheit. Es hätte wahrscheinlich keinen Sinn, Eva um einen anderen Standort zu bitten. Selbst wenn sonst nichts für den Marienplatz spräche, sie bliebe dabei, allein um ihn zu ärgern. Sie täte wahrscheinlich alles mögliche, um sich an ihm zu rächen, wofür auch immer. Aber ihn vergiften? Er wurde einen Moment unsicher. Nein, ein Kapitalverbrechen traute er ihr nicht zu.

Ich werde ihr nachher die Bankbürgschaft unterschreiben, nahm er sich vor. Sie soll ihre vielbeschworene Chance haben. Die 100000 DM würde er erst über einen Kredit laufen lassen und später einige Papiere verkaufen. Wenn sie tatsächlich schon in sechs Wochen eröffnen wollte, durfte sie keine Zeit mehr verlieren. Zudem würde er ein Formular beilegen, in dem sie sich verpflichtete, wieder ihren Mädchennamen anzunehmen. Nachdem zwischen ihnen keine Verständigung mehr möglich war, wäre das ein guter Strich unter einer unguten Rechnung.

Er zog Laura Daums Manuskript aus der Tasche. Es war nicht das, woran er gedacht hatte. Wahrscheinlich lagen diese Aufzeichnungen wieder in seiner Wohnung. Er blätterte die Seiten durch und fand «Lauras Brief» darunter, den ungewöhnlichsten Liebesbrief, den er je erhalten hatte.

Eigentlich soll dies ein Traumprotokoll werden,

sehr geehrter Herr Dr. Steinberger,

ein Festhalten der Geschichte mit dem Pflaumenbaum im Garten meiner Eltern, den Erntezeiten und der Zeit, die uns auf dieser Erde gegeben ist.

Ein symbolträchtiger Traum, voller Kraft, Glück und Zuversicht, so fanden wir beide, Zuversicht, die genauso festgehalten werden muß wie Resignation und Verzweiflung, so fanden Sie.

Und nun sitze ich da, den Stift in der Hand, und merke, daß ich keine Worte finde für dieses Glück. Denn mein Herz ist besetzt von Größerem, Schönerem, das der Wirklichkeit viel näher ist als jeder Traum und doch traumhaft unwirklich.

Immer wieder, wenn ich sehr glücklich bin, denke ich an Sie in Dankbarkeit.

Und wenn ich es könnte, ich würde singen, von dem Tag, an dem ich Ihnen zum erstenmal begegnet bin, von der Stunde, in der ich erkannte, daß Sie auf meiner Seite streiten, und von dem Augenblick, seitdem ich weiß, ich liebe Sie.

Vergessen Sie bitte für die nächsten Minuten, was zwischen uns steht, und gewähren Sie mir nach altem Märchenbrauch drei Wünsche. Es soll, so ist oft die Verheißung: zu Ihrem Schaden nicht sein.

Mein erster Wunsch wäre, daß Sie, solange Sie diese Zeilen lesen, allen therapeutischen Begriffen Hausverbot erteilen in Ih-

rem Kopf. Mehr noch, vielleicht die Tür zu Ihrem Verstand für wenige Minuten schließen und ganz und gar Gast werden in Ihrem eigenen Herzen, begleitet nur von Freundlichkeit und Güte.

Mein zweiter Wunsch wäre, daß Sie Ihre Maßstäbe wegschließen. Nicht für immer, das erwarte ich nicht, Sie werden später einmal darauf zurückgreifen müssen. Aber für jetzt, für mich. Irgendwo wird sich ein sicherer Ort finden. Wenn Sie den Weg dorthin erinnern, ist es genug.

Mein dritter Wunsch: öffnen Sie Ihre Augen, und lassen Sie auf sich wirken, was Sie sehen, wenn Sie an mich denken.

Nein, nein, das meine ich nicht, nicht die kleine unscheinbare Gestalt mit der häßlichen Nase, die sich selber nicht gefällt.

Nicht das, was ich scheine, sondern das, was ich durch Sie geworden bin.

Sie lachen?

Richtig, lachen Sie weiter, und lassen Sie mich mit einstimmen in das große stürmische Weltgelächter, das uns beide nicht namentlich kennt und dennoch undenkbar wäre ohne Menschen wie Sie und mich.

Es gibt nichts Größeres, als kleine Dinge zu verändern.

Millimeterweise nur haben Sie meine Welt verschoben, die festgefahren war in Bitternis und Angst.

Sie, unendlich in Ihrer Geduld.

Ameisengleich trage ich erworbene Lasten nach Hause, seit ich mein Maß kenne und das Maß meiner Möglichkeiten, überwinde, was mir im Wege steht, umgehe, was ich nicht überwinden kann.

Ich lasse nicht nach damit, voranzugehen,
solange es einen Weg gibt,
und mich
und eine Last, ohne die ich nicht wirklich bin.

Spitzbübisch nach Spatzenart baue ich zeitgleich mehrere Nester und merke mir Futterstellen von einem Winter bis zum nächsten Schnee.

Tatzenspuren im feuchten Gras,

riechbar geworden,
lassen mich heiteren Herzens Junge werfen, mäusegleich auch nachts,
wenn Katzen lautlos auf der Lauer liegen.
Und wieder Sie, noch immer unerreicht, hoffnungsvoll Ihre Ermutigung.
Sie lachen, und ich lache mit,
weil ich mein Lachen wiedergefunden habe, durch Ihre Kunst, und nicht mehr fremde Freuden festhalten muß, um jeden Preis und sei's der Tod.
Noch immer Sie, unverzichtbar in Ihrer grenzenlosen Empathie.
Früher, als dunkle Mächte Macht hatten und Stürme um alte Gemäuer brausten, als man vor dem Blitz erzittern mußte und das Donnergrollen für Zauber hielt, da wurden Prinzessinnen mit einem Kuß erlöst.
Mich haben Sie eines Tages gegen die Wand geschmissen,
und wenn auch aus der Kröte noch lange keine Königin geworden ist,
so stellt das neu gewonnene Krötenglück selbst königliche Hochgefühle in den Schatten.
Schamanenzauber wird durch Ihre Stimme wirksam, und über einen kleinen Teil davon verfüge ich, seit diesem Tag.
Ich kann mich mit Ihren Augen sehen und erschrecke nicht mehr.
Ich kann mich mit Ihren Ohren hören und verzweifle nicht mehr.
Ich kann mit Ihren Füßen gehen und komme voran, solange ich einen Schritt nach dem anderen setze.
Ich kann mir selber Mut zusprechen mit Ihren Worten, mich selber entscheiden, mit Ihren Kriterien, mich selber achten, mit Ihrer Menschenliebe,
weil ich spüre, Sie mögen mich sehr.
Schamanenzauber?
Mehr als das.

Fern allem Zauber wird vieles möglich durch Ihr großes Herz.

Denn das Abrakadabra der restlichen Welt in mein Leben übersetzt gleicht so einem einzigen großen Zauberspruch, der mich vor nichts bewahrt und doch behütet.

Nachts vor allem spreche ich ihn mir vor und lasse mich von seinem dumpfen Rhythmus in Schutzzonen wiegen.

Hören Sie zu!

Wunden heilen, Erwartungen sinken,
Wahrheit wird sichtbar,
Flüche schwinden und werden zu Segen.
Schatten verlieren ihre Schrecken,
wenn Hoffnungen sich mit der Wirklichkeit decken.
Wo bisher nichts war, kann sich Neues ergeben,
seit ich Sie kenne, kann ich wieder leben.

Verstehen Sie's nun?

Nichts kann mich daran hindern, Sie groß zu sehen.

Ihre Hände, die Knoten um Knoten aufgeknüpft haben an dem Tuch, das ich vor meinen Augen trug.

Ihre Stimme, die sanft und fordernd immer wieder neu ermutigt hat.

Ihre Zuverlässigkeit, die mir Sicherheit gab.

Halt, bitte nein,

nicht schon wieder in eingefahrenen Gleisen denken. Noch gilt unsere Vereinbarung. Erst wenn ich «Jetzt» sage, sind Diagnosen wieder zugelassen.

Ich brauche nicht mehr lange, nur noch zwei Sätze:

Immer wieder, wenn ich sehr glücklich bin, denke ich an Sie in Dankbarkeit. Denn ohne Ihr offenes Herz hätte sich das meine nie öffnen können für die Menschen, das Leben und die übergroße Liebe, die ich für Sie empfinde. Jetzt.

Ihre Laura Daum

«Entschuldigung, der Herr.»

Steinberger sah auf. Der Kellner schob seine Aktentasche zur Seite.

«Ihre Bestellung.»

«Danke, ich habe sehr wenig Zeit und möchte gleich zahlen.»

Während er die Manuskriptseiten wieder verstaute, addierte der Kellner zwei Zahlen auf einem kleinen Block. Er lächelte noch immer, als er die Summe auf den Tisch legte. Das Trinkgeld fiel ungewöhnlich hoch aus.

XVIII

Steinberger war müde. Der erste Patient dieses Nachmittags hatte die Praxis gerade verlassen, und er war froh darüber. Er öffnete beide Fensterflügel im Therapieraum und atmete tief durch. Nach dem Regen der vergangenen Tage erwärmte sich die Luft allmählich wieder. Die Kastanien auf dem Marienplatz standen in voller Blüte.

Ein Wunder, dachte er und sah in das prachtvolle Weiß und Grün der Baumkronen. Er dachte dies nicht philosophisch oder gar ästhetisch, so wie man oftmals Momente, die zu Herzen gehen, in den Kopf verschiebt. Sondern er dachte dies wie ein Gebet zwischen zwei Augenblicken, beschränkt auf nur ein Wort, das in die Tiefe, nicht in die Breite floß.

In der knappen Zeit zwischen zwei Sitzungen hatte er im Laufe seiner Berufspraxis ein Ritual für sich entwickelt, das er als hilfreich empfand und nicht mehr missen wollte. Nicht wenn alles gutging und schon gar nicht in angespannten Situationen.

Zuerst frische Luft in den Raum lassen, tief ausatmen und zwei oder drei gymnastische Übungen für die überbeanspruchten Bandscheiben durchführen. Dann das Fenster schließen und mit dem Zuziehen der weißen Untergardinen die private Atmosphäre des Raumes wiederherstellen. Gegebenenfalls die kleinen, über den Raum verteilten Lichtquellen einschalten, um sich in den verbleibenden zwei Minuten mit Hilfe der Kartei die Situation des nächsten Patienten zu vergegenwärtigen.

Doch heute lief es anders. Die vorgesehenen zehn Minuten reichten nicht. Normalerweise hatte er mit dem Wechsel zwischen Aufmerksamkeit und Abschalten keine Probleme. Aber was war in den vergangenen Tagen schon normal? Am liebsten hätte er die Praxis für einige Zeit geschlossen, aber so kurzfristig ging das in seinem Geschäft nicht. Derzeit hatte er gleich mehrere Patienten, die er erst auf eine mehrtägige Abwesenheit seinerseits einstimmen müßte.

Streß reduzieren, würde er anderen in seiner Lage vorschlagen, wo immer es geht, privat und beruflich. Privat hatte er bereits einen guten Anfang gemacht. Die unterschriebene Bürgschaft für Eva lag bei der ausgehenden Post. Beruflich war es schwieriger. Bei Laura Daum fühlte er sich machtlos, solange er nicht mit ihr sprechen konnte. Höchstens diese unglückliche Geschichte mit den blödsinnigen Blumensträußen, die wäre vermeidbar gewesen.

Er nahm noch einmal die Unterlagen von Herrn Schraudolph zur Hand. Egal, wie spät es war, die Anmerkungen, die ihm noch durch den Kopf gingen, wollte er gleich zu Papier bringen. Frau Becker war als nächste Patientin eingetragen. Er hätte fast wetten können, daß sie noch einmal kommt. Daß es allerdings so schnell gehen würde, hatte er nicht vermutet. Ob sie sich nun für oder gegen eine Fortsetzung der Therapie entscheiden würde, war ihm egal. Im letzteren Fall müßte er versuchen, noch zwei bis drei Abschlußgespräche mit ihr zu vereinbaren. Mit diesen Vorwürfen im Herzen wollte er sie nicht gehen lassen.

Er setzte sich wieder in seinen Sessel, lehnte sich zurück, schloß die Augen und ließ den Beginn der Sitzung in seiner Erinnerung vorüberziehen. So war es ihm möglich, von einer Metaebene aus nicht nur den Patienten, sondern auch sich selber in dieser Interaktion zu beobachten. Ein bewährtes Mittel der Selbstkorrektur. Die Bilder ließen nicht lange auf sich warten.

Anfangs war es ihm gar nicht aufgefallen. Erst als Herr Schraudolph sich nicht wie sonst gleich auf die Couch legte, die Füße akkurat nebeneinander und die Hände über dem Brustkorb gefaltet, sondern in einer noch unbequemeren Haltung leicht nach vorn gebeugt auf der äußersten Sofakante sitzen blieb, bemerkte er, daß die kleine Orchidee, die ihm gestern eine Patientin mitgebracht hatte, noch auf dem Beistelltisch stand.

So etwas vermied er sonst, mit gutem Grund. Doch jetzt war es zu spät, um sie zu entfernen.

«Schön», begann Herr Schraudolph und sah auf die Pflanze.

Er nickte.

«Geschenkt bekommen?»

Er schwieg.

«Von einer Frau, nehme ich an.»

Schweigen.

«Wahrscheinlich bekommen Sie jede Menge von dem Zeug. Wissen wohl oft nicht, wohin damit. Habe ich recht?»

Schweigen.

«Ich weiß das auch so, auch wenn Sie nichts sagen. Sie haben Erfolg bei den Frauen. Stimmt's?»

Schweigen.

«Aha, der Gentleman genießt und schweigt.» Schraudolphs Lachen klang dünn.

Er blieb ernst.

«Wollen Sie nicht mit mir reden?»

«Haben Sie den Eindruck, daß ich nicht mit Ihnen reden möchte?»

«Ja, den habe ich. Und was heißt hier Eindruck. Sie tun es ja wirklich nicht. Seit Beginn der Stunde rede nur ich. Also, was ist? Selbstgespräche kann ich auch zu Hause führen.»

«Ich möchte mit Ihnen reden, Herr Schraudolph. Aber nicht über mich.»

«Sie wollen sich nicht in die Karten schauen lassen. Das verstehe ich, ist aber unfair. Jemand, der aussieht wie Sie, hat es einfach leichter im Leben. Dazu kommt noch Ihr Therapeutenbonus. Das Charisma und so.»

Er vermied den Blickkontakt und sah auf die gegenüberliegende Wand.

«Wenigstens einen Rat könnten Sie mir geben. Schließlich bezahle ich Sie, damit Sie mir helfen.»

«Gut.»

«Ja?»

«Legen Sie sich genauso hin wie die letzten Male auch schon. So können Sie entspannter sprechen und finden leichter zu sich selber.»

Herr Schraudolph sah ihn überrascht an, er hatte etwas anderes erwartet, folgte dann aber wie ein trotziger Schulbub.

«Fühlen Sie sich nicht wohl?»

Herr Schraudolph schwieg.

«Woran denken Sie?»

«An nichts.» Er legte den Unterarm über die Augen, um seine Tränen zu verbergen.

Steinberger wartete.

«Sie haben mich ermahnt.» Schraudolphs Stimme wurde leise und stockend. «Sie reden nicht mit mir, wie man mit einem Mann spricht, Sie ermahnen mich. Wie ein kleines Kind. Ich möchte am liebsten losschreien, kann aber nur heulen.»

Schweigen.

«Was macht Sie so traurig und hilflos?»

«Daß Sie mich nicht für voll nehmen, weil Sie nicht über alles mit mir sprechen, weil mich noch nie jemand für voll genommen hat, früher nicht und heute auch nicht. Und daß ich noch nie von einer Frau Blumen geschenkt bekommen habe, weil die mich natürlich auch nicht für voll nehmen. Ich nehme mich selber nicht für voll.»

Ein dreimaliges kurzes, energisches Läuten an der Praxistür riß Steinberger aus seinen Gedanken. Frau Becker war also schon da. Diesmal nur fünf Minuten über der Zeit. Er betätigte den automatischen Türöffner in seinem Therapieraum. Seine Patienten waren es gewohnt, daß er am Nachmittag allein in der Praxis war und nicht persönlich öffnen konnte. Es gab dem Besuch bei ihm auch etwas Verschwiegenes, und so manche bevorzugten deshalb diese Zeit. Sie schlossen die Tür hinter sich und warteten im Gruppenraum, der ihm auch als Wartezimmer diente, bis sie dort von ihm abgeholt wurden.

Während Steinberger einige kurze Sätze in das Patientenblatt von Herrn Schraudolph schrieb, hörte er, wie Frau Becker im Warteraum verschwand.

Nachdem er die Fußauflage auf der Couch geradegerückt hatte und das weiße Papiertuch auf dem Kopfkeil erneuert war, trug er die Orchidee in sein Labor, zu den anderen Blumen. Einen weiteren Gesprächsbeginn wie gerade eben wollte er sich für heute ersparen, obwohl Herr Schraudolph trotz des Orchideenumweges recht schnell auf seinen wunden Punkt zu sprechen kam.

Doch so geradlinig verliefen Einstiege mit Spekulationen über sein Privat- und Intimleben nicht immer. Bei Frauen kam oft noch erschwerend so etwas wie Geschwistereifersucht hinzu.

Natürlich weiß jede Patientin, daß sie nicht die einzige ist, wäre es aber gerne. Deshalb ist der Wunsch nach einer Sonderstellung bei ihrem Therapeuten verständlich. Wenn sie schon nicht die einzige sein kann, dann doch wenigstens die Attraktivste, die Fügsamste oder die Schwierigste, je nach Persönlichkeitsstruktur.

Zwischentöne, diskrete kleine Zeichen waren für Steinberger ebenso wichtig wie therapeutische Konzepte. Er sah den Widerspruch, wenn eine Patientin einerseits von ihm vermittelt bekam, sie erhielte in dieser Stunde mit ihren Anliegen absolute Priorität, und gleichzeitig stehen auf dem Tisch Blumen, von denen sie annehmen muß, daß sie das Geschenk einer anderen sind. Es ist ganz ähnlich dem Duft eines schweren Parfüms, das sich während des Lüftens in der Pause nicht schnell genug verflüchtigt und in der nächsten Stunde die Intimität stört. So, als wäre die Trägerin noch im Raum und bände dadurch Aufmerksamkeit und Zuwendung des Therapeuten.

Zeitweilig standen im Labor auf dem Kühlschrank bis zu fünf verschiedene Blumensträuße, alle von Frau Schneider gepflegt und mit einem kleinen Kärtchen versehen, auf dem der Name der Spender stand und das jeweilige Tagesdatum.

Es ging Steinberger keineswegs darum, wie Frau Schneider zu Beginn ihrer Tätigkeit bei ihm vermutete, den Eindruck zu vermitteln, er hätte keine Blumen, um so möglichst viele Zuwendungen dieser Art zu bekommen. Er wollte seinen Patienten äußerlich zeigen, wie er ihr Geschenk innerlich empfand. Als etwas Einmaliges, das ausschließlich sie beide betraf, das ihm lieb und wert war und mit dem er pfleglich umging. Kam eine Patientin zwei- bis dreimal in der Woche, so stand ihr Strauß im Behandlungsraum, bis er fast ganz verblüht war. Dies auch als Zeichen von Vergänglichkeit, der alles, was hier geschah, unterlag.

Um die Pflege der Blumen und darum, daß zum richtigen Zeitpunkt der richtige Strauß vorhanden war, kümmerte sich Frau Schneider. Es klappte immer, fast immer, korrigierte sich Steinberger, und seine Gedanken waren wieder bei Frau Daum.

Laura Daum war anders, auch in diesem Punkt. Sie kaufte keine Blumen, sondern stellte, entsprechend der Jahreszeit, kleine Arrangements zusammen, mit den Dingen, die sie bei Spaziergängen fand. Ein Stück Grasnarbe mit einem leeren Schneckenhaus war ebenso dabei wie ein satter, blühender Löwenzahn, ein Strauß Holunderbeeren oder herbstlich gefärbte Blätter. «So ist es zur Zeit in mir», sagte sie meist beim Überreichen, und der Bezug von ihr zu dem, was sie zwischen seinen Stuhl und der Couch beinahe wie eine Opfergabe auf den Boden legte, war offensichtlich. Diese Frau lebte, was sie fühlte, und Steinberger wurde manchmal feierlich zumute, wenn sie ihn daran teilhaben ließ.

Frau Schneiders Fürsorge für Lauras Blumen ließ zu wünschen übrig. Sie wurden lieblos in eine viel zu große Vase gestellt, vertrockneten häufig und waren mitunter auch einfach verschwunden. Unkraut hält sich nicht, erklärte sie auf Nachfragen, da kann man nichts machen.

Wiederholt mußte er Frau Schneider darauf hinweisen, daß alle Patienten ein Recht darauf hatten, gleich freundlich und aufmerksam betreut zu werden, unabhängig davon, wie sie ihre Sympathien verteilte. Es änderte sich nichts.

Er erinnerte sich noch gut an einen besonders schrecklichen Vorgang. Einmal stellte sie ihm kurz vor Stundenbeginn, er wurde am Telefon aufgehalten, eine dunkelrote Bakkaratrose neben seinen Sessel. Eine absolut peinliche Situation. Als er mit Laura Daum den Raum betrat, schwieg diese erst verlegen, deutete dann auf die Rose und sagte: «Es gibt jemanden, der Sie liebt.» Diesen Blumen unterlegt man so eine Aussage, meinte er irritiert. Ich habe keine Ahnung, wie die in mein Zimmer gekommen ist. Natürlich glaubte sie ihm nicht. Doch ihr Humor behielt glücklicherweise die Oberhand. «Diese Ausrede ist so unbeholfen, daß sie beinahe wahr sein könnte.» Sie lachte. «Auf jeden Fall sind sie von einer Frau, die sich offen zu ihren Gefühlen bekennt. Sie ist entweder sehr selbstbewußt und fürchtet keine Zurückweisung, oder sie handelt mit dem Mut der Verzweiflung.»

Steinberger wußte bis heute nicht, ob das von Frau Schneider Dummheit oder Berechnung war. Noch dazu, weil nie geklärt werden konnte, wer die Rose, die angeblich auf seinem Fußabstreifer lag, geschickt hatte. Als er damals gegen Mittag Frau Schneider die Rose entgegenhielt und sagte: «Ich glaube, Sie haben noch etwas vergessen», lief sie ebenso dunkelrot an und verschwand grußlos. Beide wollten diesen Vorfall nie wieder ansprechen. Alte Geschichten, dachte er, schloß die Labortür hinter sich und versuchte, gedanklich von Frau Daum auf Frau Becker umzuschalten. Es gelang.

Freundlich lächelnd öffnete er die Tür zum Wartezimmer.

«Grüß Gott, Frau Becker, es hat leider einige Minuten länger gedauert. Entschuldigen Sie bitte. Sind Sie damit einverstanden, wenn wir die fehlenden zehn Minuten an die Stunde anhängen?»

Frau Becker stand mit dem Rücken zum Fenster und hielt ein kleines Gebilde, mit Seidenpapier umhüllt, in ihren Händen.

«Aber natürlich, das ist kein Problem. Eigentlich muß ich mich entschuldigen, für einiges.»

«Darüber sprechen wir gleich.»

Frau Becker entfernte das Papier von ihrem Geschenk und überreichte Steinberger einen kleinen Kaktus.

«Sie haben auf Ihrem Tischchen nie Blumen stehen, wenn ich komme, und da dachte ich, es würde Sie etwas versöhnen, wenn ich Ihnen welche mitbringe. Als ich aber dann in der Gärtnerei den Kaktus sah, wußte ich, keine andere Pflanze drückt unsere Beziehung so gut aus.»

Steinberger hielt das Töpfchen in der Hand und drehte es nach allen Seiten. «Sie meinen wohl wegen der spitzen langen Stacheln.»

«Ja, es sind meine und Ihre.»

«Wenn ich genau hinsehe, dann sind da auch ganz viele kleine rote Pünktchen.»

«Knospen? Die habe ich gar nicht bemerkt.»

«Sie sind auch leicht zu übersehen, aber sie sind da. Das sind auch Ihre und meine. Und es ginge mit dem Teufel zu, wenn wir die nicht zum Blühen brächten.»

«Sie meinen, wir sollten es noch einmal probieren?» Frau Bekker lachte.

XIX

Der Nachmittag ging schneller vorüber, als er befürchtet hatte. Die Termine lagen eng, und das war gut so. Durch Frau Schneiders Planung konnten die Fehlzeiten des gestrigen Vormittags wenigstens zum Teil ausgeglichen werden. Er war zufrieden mit ihr. Wenn sie auch nicht immer so mitdachte, wie er sich das wünschte, so war sie doch schnell, zuverlässig und integer. Außerdem beherrschte sie die deutsche Orthographie.

Er hätte es versäumt, sie zu bitten, heute den ganzen Tag zu bleiben. Damit wäre einiges einfacher für ihn gewesen. Auch das zeitaufwendige Abhören des Anrufbeantworters am Abend hätte sich erübrigt, das ihm jetzt noch bevorstand. Es war bereits neunzehn Uhr vorbei. Ärgerlich drückte er auf den Knopf seines Wiedergabegerätes.

Auf der Heimfahrt überlegte Steinberger, ob es nicht besser wäre, noch eine Nacht bei Elisabeth zu verbringen, erinnerte sich aber an seinen schweren Traum in ihrem Gästezimmer und bog in die Ahornstraße ein. Irgendwann würde er das Haus ja doch wieder betreten müssen, und die schrecklichen Bilder des gestrigen Tages würden ihn ohnehin noch einige Zeit begleiten, unabhängig davon, wie lange er diese Räume mied.

In der Zufahrt zu seiner Garage stand Elisabeths Wagen und daneben ein kleiner roter Fiat, der ihm bekannt vorkam. Ihm blieb nur ein Stellplatz am Straßenrand.

Es roch nach Salmiak, als er das Haus betrat. Elisabeth stand an der Garderobe und zog ihre Kittelschürze aus. Inzwischen war ihm eingefallen, wem der Kleinwagen gehörte. «Mußte das sein?», fragte er Elisabeth, die sich gerade mit einer Bürste über die Haare fuhr. «Mit solchen Dingen kann man Putzfirmen beauftragen, du weißt doch, wie ungern ich Berufliches und Privates vermische.»

«Falls du Frau Schneider meinst, die ist erst seit zehn Minuten hier und kam nicht zum Putzen. Und das Reinigen der Wohnung habe ich übernommen, weil ich ganz plötzlich über freie Zeit verfügen konnte. Ich hatte nämlich für heute abend zwei Gäste zum Essen erwartet, aber diese Einladung ist leider geplatzt.»

Steinberger nahm seine Schwester in den Arm. «Wenn ich dich nicht hätte.»

«Bitte, Franz, laß das, wir sind nicht allein.»

«Stimmt, was will sie denn?»

«Keine Ahnung. Sie sitzt im Wohnzimmer. Frag sie halt.»

«Hm.»

«Du hast diesen Kommissar Hiller zu mir geschickt, damit er Auskünfte über eure Beziehung einholen kann?»

«Ja. Ich wollte mich dazu nicht äußern. Konntest du ihn zufriedenstellen?»

«Ich denke schon. Sehr viel habe ich nicht gesagt. Eigentlich nur, daß Beziehungsgeschichten immer zwei Seiten haben. Hast du dir Evas Pläne noch einmal durch den Kopf gehen lassen? Sie stand doch so unter Zeitdruck.»

«Ich habe gegen meine Überzeugung eine Bankbürgschaft unterschrieben. Sie hat also, was sie wollte.»

«Mein Gott, Franz, ich sehe schon, der Tag wird kommen, an dem ihr beide euch wie zivilisierte Menschen begegnen könnt.»

«Ich habe mich freigekauft, Elisabeth. Das Geld bekommt sie nur, wenn sie meinen Namen ablegt.»

«Manchmal bist du mir unheimlich.»

«Warum?»

«Wenn du mit jemandem am Ende bist, dann werden selbst deine Zuwendungen zur Demütigung.»

«Sie hat mich erpreßt, Elisabeth, das ist auch kein Pappenstiel. Frauen hängen mir zur Zeit... ach, vergiß es.»

«Ich vergesse es, ganz schnell. Brauchst du mich noch?»

«Nein, ich denke nicht.»

«Dann gehe ich jetzt. Ich bin müde. Wenn dir die Decke auf den Kopf fällt, du weißt ja, wo ich wohne.»

Steinberger sah sie irritiert an. «Wie kommst du darauf?»

«Worauf?»

«Daß mir die Decke auf den Kopf fallen könnte?»

«Mein Gott, Franz, das ist eine Redewendung. Im deutschen Sprachgebrauch steht sie für...»

«Entschuldige Elisabeth, ich weiß, wie das gemeint war. Ich war nur nicht darauf gefaßt.»

«Brauchst du mich wirklich nicht mehr?»

«Nein, vielen Dank, Elisabeth.»

«Ach ja, noch zwei Sachen. Der Fleck unter deinem Schreibtisch ist nicht zu entfernen, da wird man wohl den Teppichboden erneuern müssen.»

«Können wir das nicht ein anderes Mal klären?»

«Sicher, ich wollte dich nur darauf vorbereiten. Es sieht nicht schön aus, wenn man weiß, woher er kommt.»

«Danke. Und was war noch?»

«Marie hat ihre Kuchenrezepte auf dem Computer in der Nachbarschaftshilfe geschrieben. Ich würde sie gerne einschikken. Wenigstens einer ihrer Träume soll in Erfüllung gehen. Wie hieß dieser Verlag?»

«Gourmet-Verlag, ich weiß allerdings nicht, wo der ist.»

«Danke. Die Adresse bekomme ich schon heraus. Übrigens, den etwas zu großen Blumenstrauß im Wohnzimmer hat Frau Schneider mitgebracht. So, jetzt geh ich wirklich.»

«Schon wieder Blumen! Also bis später, Elisabeth, komm gut heim.»

Frau Schneider stand vor seinen Bücherregalen, als er den Raum betrat.

Mit schräg gehaltenem Kopf und auf Zehenspitzen versuchte sie, einige Titel auf den Buchrücken im oberen Bereich zu entziffern. Die Buchstaben waren kyrillisch. Er stand bereits unmittelbar neben ihr, als sie ihn ansah, so, als hätte sie sein Kommen nicht gehört.

«Toll», sagte sie, «wieviel sind denn das?»

«Guten Abend, Frau Schneider.» Er reichte ihr die Hand.

«Guten Abend.»

«Das weiß ich nicht.»

«Auch nicht ungefähr?»

«Nun, einige tausend Titel werden es schon sein.»

«Eine so große Privatbibliothek habe ich noch nie gesehen.»

Als nächstes wird sie mich fragen, ob ich sie schon alle gelesen habe, dachte Steinberger. Er bot ihr mit einer Handbewegung einen Stuhl an und setzte sich im rechten Winkel neben sie.

«Meine Schwester sagte mir, daß die wunderschönen Blumen von Ihnen sind, Frau Schneider.»

«Ist sie noch da?»

«Meine Schwester, nein, sie ist bereits nach Hause gefahren.»

«Schade, ich wollte sie noch etwas fragen, wir haben über Geranien gesprochen.»

«Dann sind sich also heute zwei Hobbygärtnerinnen begegnet.»

«Ja. Diese Blumen sind aus unserem Garten. Ich habe Sie Ihnen extra nach Hause gebracht, damit sie nicht im Labor auf dem Kühlschrank landen.»

Er überhörte die Bemerkung erst einmal und wartete ab.

«Unser Garten ist zur Zeit ein richtiges kleines Paradies, wegen der blühenden Sträucher.»

«Das kann ich mir gut vorstellen, wo schon dieser Strauß einfach prachtvoll ist.»

Frau Schneider sah verlegen auf ihre Schuhspitzen.

Steinberger kam ein unangenehmer Gedanke.

Sie wird doch nicht eine andere Arbeitsstelle gefunden haben und kündigen wollen. Ausgerechnet jetzt.

«Frau Schneider, was ist denn los?» Er fragte direkt.

«Ich weiß nicht – es gibt keinen vernünftigen Grund, warum ich gekommen bin. Es war einfach verrückt. Ich denke, ich gehe jetzt wieder.» Sie stand auf.

Er ging ihr nach.

«Frau Schneider, das mit den Blumen war doch eine sehr schöne Idee. Woran haben Sie denn gedacht, als Sie diesen Strauß zusammengestellt haben?»

«An Sie!»

«An mich, und was wollten Sie mir mit den Blumen sagen?»

«Nichts Bestimmtes, es war mehr allgemein. Ich dachte, weil Sie doch selber gesagt haben, Sie hätten ein Problem, daß Sie diese Blumen trösten, auch wenn sie nicht von Laura Daum sind, sondern nur von mir.»

Liselotte Schneider schwieg. Sie war den Tränen nahe und durchsuchte erst ihre Rocktasche und dann ihre Jacke. Sie fand ein Päckchen Papiertaschentücher, entnahm eines und wischte sich damit über die Augen. Ihre Wimperntusche war nicht wasserfest.

Er legte den Arm leicht um ihre Schulter und bedeutete ihr, wieder Platz zu nehmen.

«Bitte, Frau Schneider, so sprechen Sie doch weiter.»

«Ja.» Sie schniefte.

«Und dann habe ich heute nachmittag von dieser schrecklichen Geschichte mit Marie Maier gehört. Ich kannte sie ja kaum, ich habe nur einige Male mit ihr telefoniert. Aber sie war immer sehr nett.»

«Ja, das war sie.»

«Mir kommt mein Problem albern vor, gemessen an den Sorgen, die Sie haben. Erst recht, wenn ich an Marie Maier denke. Aber ich weiß, wenn Sie überhaupt meine Hilfe brauchen, dann doch jetzt. Ich könnte am Nachmittag Ihren Haushalt führen, einkaufen, waschen oder so. Das wird ja alles zuviel für Sie.»

Sie schneuzte sich.

«Außerdem sollte jemand, der so etwas macht wie Sie, eine feste Beziehung haben, verheiratet sein. Das ist auch viel besser für Ihre Patientinnen.»

Steinberger wartete.

«Wahrscheinlich betrachten Sie das jetzt als Einmischung oder Übergriff, wie Sie es nennen. Aber ich bin mir sicher, daß ich recht habe, gerade weil Sie in den letzten Tagen so krätzig waren.»

Steinberger schwieg.

«Den Brief vom ‹Psychotherapeuten› habe ich Ihnen gar nicht gezeigt, der kam gestern. Bis Ende nächster Woche brauchen sie das Manuskript. Und Doktor Stab von den Psychotherapeutetagen möchte bis Ende des Monats ihr Referat, zum Vorabdruck in den Begleitmaterialien. Er hat heute morgen angerufen.

Ich könnte Ihnen wirklich helfen. Nicht nur im Haus, auch bei Ihren Manuskripten, zum Beispiel. Wann immer Sie wollen. Am Abend oder nachts. Sie müssen es nur sagen.»

«Frau Schneider, Sie haben vorhin ein Problem erwähnt, das Sie albern finden. Sind Sie nicht eigentlich hierhergekommen, um mit mir darüber zu sprechen?»

Sie sah ihn an. «Aber das tue ich ja gerade. Darf ich Ihnen eine Frage stellen?»

«Bitte.»

«Wenn ein Mensch einen anderen Menschen liebt und zwar alles an ihm; wie er geht, wie er sich bewegt, wie er arbeitet. Sein Lächeln, seine Sprache und sein Schweigen. Auch seine schlechte Laune. Eben einfach alles.»

«Ja.»

«Und wenn der andere Mensch von dieser Liebe nichts merkt oder aber sie nicht erwidert, kann dann der eine, der Liebende, wenn er nur lange und intensiv genug daran festhält, hoffen, daß diese Liebe irgendwann einmal erwidert wird? Ich meine, führt Liebe, wenn sie nur groß genug ist, nicht automatisch zu Gegenliebe?»

Steinberger war überrascht. Er kannte das Problem zur Genüge aus seiner Praxis. Aber Frau Schneider – das hatte er nicht erwartet. Er stand auf, ging einige Schritte zum Fenster, sah hinaus, schwieg, kam wieder zurück und setzte sich. Er wollte sie keinesfalls verletzen. Hoffentlich treffe ich den richtigen Ton, dachte er.

«Darf ich das wiederholen?»

Sie nickte.

«Sie haben mir gerade gesagt, daß Sie mich lieben. Dafür danke ich Ihnen. Sie haben aber auch gespürt, daß ich diese Liebe so nicht erwidere, und fragen nun, ob Sie etwas dazu tun können, daß sich das ändert.»

«Ja.» Frau Schneider sah wieder auf ihre Schuhspitzen.

«Ich finde das nicht albern. Das ist ein ganz zentrales Thema in jedem Leben, auch in meinem. Und mitunter ein Problem. Denn wenn ich nun ihre Frage beantworte, muß ich Ihnen sagen, es gibt neben der erfüllten Liebe auch die unerfüllte. Damit müssen Sie leben.»

«Und diese Liebe kann ich nicht erwerben, durch Arbeit zum Beispiel oder etwas anderes, irgend etwas, daß sie aus ihrer Einseitigkeit erlöst – wie im Märchen?»

«Erfüllte Liebe ist immer ein Dialog, immer ein Geschenk und immer unverdient. Deswegen ist sie der göttlichen Liebe ja so nahe, und wir haben das Gefühl, wenn wir lieben, im Himmel zu sein.»

«Aber Gott erwidert Liebe.»

«Richtig, deswegen ist sie auch die vollkommenste Form, die vorstellbar ist. Mit seiner Gegenliebe können Sie rechnen. Ich bin kein Gott.»

«Das merke ich.»

«Sie lieben nicht mich, Frau Schneider, sondern das, was Sie in mir sehen.»

«Aber wenn das so ist, dann doch nur, weil Sie mir keine Chance geben, Sie kennenzulernen.»

«Das ist möglich.»

«Wurden Sie einmal abgewiesen?»

«Selbstverständlich. Ich habe ja zwei Drittel meines Lebens schon hinter mir. Das ist mir nicht erspart geblieben.»

«War das schlimm für Sie?»

«O ja.»

«Sie sagen gar nicht leider.»

«Ich bedaure das auch nicht. Ich denke, das ist eine Erfahrung, die zum vollen Leben gehört und durch die persönliche Reifung möglich wird.

Wenn wir uns zu einem früheren Zeitpunkt und unter anderen Umständen begegnet wären, vielleicht wäre alles ganz anders gekommen. Aber das sind wir nicht. Sie sind meine Sekretärin, und ich bin froh, daß es so ist, und wünsche mir, daß das noch lange so bleiben wird, auch wenn ich mitunter krätzig bin.»

«Sie erwarten also nicht, daß ich jetzt kündige?»

«Nein.»

«Ich dachte, wenn ich Ihnen das alles sage, sind Sie so sauer auf mich, daß Sie mich bei der nächsten Gelegenheit vor die Tür setzen.»

«Frau Schneider, ich erwarte, daß Sie morgen um neun Uhr in der Praxis sind und sowohl der Brief als auch die Telefonnotiz, von der Sie vorhin gesprochen haben, auf meinem Schreibtisch liegen.»

«Danke.» Frau Schneider stand auf.

«Ich danke Ihnen, Frau Schneider, für die Blumen und für Ihr Vertrauen.»

Er brachte sie zur Tür. Sie wirkte noch immer erregt.

«Können Sie allein nach Hause fahren, oder soll ich Ihnen ein Taxi rufen?»

«Ich schaffe das schon.»

«Das denke ich auch. Kommen Sie gut nach Hause.»

Er lächelte. Es war genau das Lächeln, das Liselotte Schneider beinahe um den Verstand brachte. Tränen liefen ihr über das Gesicht, obwohl sie eigentlich gar nicht mehr so unglücklich war.

XX

Habe ich Frau Schneider irgendwann einmal Grund zu Hoffnungen gegeben, überlegte Steinberger, als er sein Haus wieder betrat, kam aber zu keinem Ergebnis.

Besonders liebenswürdig war er sicher nicht gewesen, dazu nervte ihn ihr mitunter recht unsensibles Wesen zu sehr. Immer wieder hatte er bei ihr, neben ausgesprochen trotzigen Reaktionen auf seine Anweisungen, auch das Gegenteil, eine geradezu extreme Neigung zur Anpassung wahrgenommen. Und da er, wie er aus seiner Analyse wußte, zu Narzißmus neigte, konnte er sich seine Anziehungskraft auf Frau Schneider schon erklären. Menschen mit devoten Persönlichkeitsanteilen umschwärmen Narzisse wie Motten das Licht, auch wenn sie sich dabei die Flügel verbrennen.

Jedenfalls war er froh, daß sie es einmal angesprochen hatte.

Jetzt, nachdem er wußte, was los war, würde er sich in Zukunft um mehr Sachlichkeit ihr gegenüber bemühen.

Als er den Türgriff zu seinem Arbeitszimmer in der Hand hielt, erinnerte er sich an Elisabeths Warnung. Er öffnete vorsichtig, schob die linke Hand in den noch dunklen Raum und drehte den Dimmer des Lichtschalters auf volle Helligkeit.

Gleichzeitig schloß er die Augen.

Zwei Sekunden.

Dann stellte er sich den Tatsachen und war überrascht.

Kein Spuk! Gott sei Dank!

Der hellerleuchtete Raum wirkte sauber und aufgeräumt. Die Vorhänge waren zugezogen. Den Glasscheiben dahinter roch man an, daß sie erst vor wenigen Stunden mit Spiritus gereinigt worden waren.

Er ging zu der Fensterfront und zog die Vorhänge zurück. Er überprüfte die Terrassentür, sie war geschlossen. Was also sollte er befürchten? Daraufhin drehte er sich um und sah in Richtung Schreibtisch.

Kein Fleck.

Jedenfalls auf den ersten Blick.

Auf den zweiten sah er den Waschkorb vor seinem Tisch, in den Elisabeth alle Gegenstände gesammelt hatte, die auf seinem Fußboden herumgelegen hatten. Aktenordner, Stifte, Manuskriptseiten und anderes.

Vorsichtig hob er ihn hoch und stellte ihn auf der Sitzfläche seines Stuhles ab.

Seine Vermutung war richtig. Man sah es deutlich.

Hier war Marie gestorben.

Er ging nach nebenan, holte den Blumenstrauß, stellte ihn an die Stelle des Korbs und beschloß, den Teppichboden nicht erneuern zu lassen, solange er dieses Ziehen in seinem Herzen spürte, wenn er an Marie dachte.

Mehr konnte er für sie nicht tun.

Als er den Inhalt des Waschkorbes auf seinem Schreibtisch ordnete, fiel ihm das Stundenprotokoll Lauras in die Hände, das er eigentlich schon in der Mittagspause hatte lesen wollen. Er zögerte, denn nach den Bekenntnissen von Liselotte Schneider hatte er heute von dieser Problematik genug.

Zu allem Überfluß klingelte das Telefon. Einen Moment lang war er versucht, den Anrufbeantworter einzuschalten, tat es aber doch nicht. Es könnte Elisabeth sein, dachte er und nahm ab. Sie war es nicht.

Er hörte schweres Schnaufen. Ein Mann, vermutete er, wahrscheinlich ein Astmatiker.

«Hallo, bitte melden Sie sich.»

Es blieb ruhig. Steinberger kannte diese Spielchen, und mitunter ging er auch darauf ein. Es war ihm schon wiederholt gelungen, Teilnehmer dazu zu bringen, ihre Anonymität aufzugeben, und in der Regel waren es keine Fremden, sondern Menschen, die ihn von irgendwoher kannten. Einmal auch ein Patient. Doch heute hatte er keine Kraft dazu.

«Ich gehe davon aus, daß Sie nun doch kein Gespräch führen wollen, und lege jetzt auf.»

«Geben Sie mir meine Tochter wieder, Sie, Sie Lustmolch!»

«Herr Maier?»

«Sie wissen genau, wer ich bin.»

«Herr Maier, ich verstehe, daß Sie sich im Moment in einer schwierigen ...»

«Geben Sie mir meine Tochter wieder, habe ich gesagt.»

«So können wir nicht miteinander reden ...»

«Lassen Sie Ihr Gequatsche. Ich werde kommen und meine Tochter holen. Und wenn sie nicht da ist, dann werden Sie mich kennenlernen.»

Steinberger ließ den Hörer auf die Gabel fallen. Das nicht auch noch! Er wählte Hillers Nummer.

«Steinberger hier. Gerade eben hat Maries Vater angerufen. Ich dachte, der wäre wieder inhaftiert.»

«Das dachte ich auch. Was wollte er denn?»

«Seine Tochter. Er hat mich bedroht, will sie wiederhaben, von mir. Es klang sehr wirr. Ich habe den Anruf mitgeschnitten.»

«Das ist gut so. Regen Sie sich bitte nicht auf. Denken Sie

daran, vor Ihrer Tür steht ein Wagen mit zwei Beamten. Niemand kommt ungesehen in Ihr Haus. Ich werde die Kollegen jetzt über Funk informieren lassen. Und dann bringe ich in Erfahrung, wo der Mann steckt. Ich verstehe das gar nicht. Und noch etwas, öffnen Sie weder Türen noch Fenster. Wenn wir ihn haben, gebe ich Ihnen Bescheid. Entwarnung sozusagen. Also bis später.»

«Bis später», sagte Steinberger resigniert.

Sein Blick fiel wieder auf Lauras Aufzeichnungen. Es war erst neun Uhr, und ein unbestimmtes Gefühl sagte ihm, daß er das nicht mehr vor sich herschieben durfte.

Er stellte den Waschkorb zur Seite, drehte die Helligkeit der Deckenbeleuchtung so weit zurück, bis sich wieder die gewohnten Schatten im Raum gebildet hatten, setzte sich und begann zu lesen.

XXI

Ihre Tür war offen.

Nie war sie es sonst. Heute, endlich, werde ich ankommen.

Heute, endlich, wenn alles gutgeht, werde ich Sie überzeugen. Von meinem Glück, das auch das Ihre sein wird.

Ich wollte es immer schon, all die Jahre, in denen ich mehrmals pro Woche bei Ihnen klingelte. In denen ich bange Sekunden wartete, bis das Signal des Türschnappers hörbar wurde und mich einließ.

Es waren Sekunden der Unsicherheit. Jedesmal.

Erwarten Sie mich? Bin ich pünktlich, nicht zu früh oder zu spät? Würde mich jemand vor Ihrer Praxis sehen und erkennen?

Und es waren Sekunden der Erleichterung, wenn ich die Tür hinter mir schließen konnte, geschützt vor neugierigen Blicken, geborgen in Ihrer Nähe. Ich wollte immer schon ungehindert Zugang zu Ihren Räumen, Ihren Ohren, Ihrem Herzen. Ohne Ter-

min, ohne Quartalsrechnung, ohne Akte in Ihrer Patientenkartei. Heute war es soweit.

Ihre Tür war offen.

Es sollte ein für allemal Schluß sein mit dem Ritual, das unseren Begegnungen vorausging; Termin – Klingeln – Warten – Einlaß.

Ein Ritual, das mir auf der einen Seite vertraut und lieb war und auf der anderen Seite zutiefst verhaßt, weil es mir meine Situation so deutlich vor Augen führte.

Für mich waren es bange Sekunden.

Klingeln und warten, ob ich Einlaß bekomme;

für Sie ein Knopfdruck.

Einfach so. – Geschenkt, wenn ich mich an Ihre Regeln hielt – versagt, wenn es nicht an der Zeit war.

Dann, wenn Sie wollten – blieb mir nicht mehr viel zu tun.

Riegel wurden entsperrt, das Schloß gab nach.

Doch diesmal, diesmal war es anders.

Ihre Tür war offen.

Ihre Tür war offen und alle distanzierenden Rituale außer Kraft gesetzt. Sie waren ungeschützt. Macht war frei, lag offen in Ihren Räumen.

Einen Augenblick lang haben Sie ausgeatmet, sich zurückgelehnt, entspannt, die Augen geschlossen, und in diesem Augenblick war ich da.

Sie haben die Fäden, die Sie all die Jahre fest in den Händen hielten, mit deren Hilfe Sie stramm und locker führten, eine Sekunde nur in den Schoß gelegt.

Ich habe es gemerkt, zugegriffen und gebe sie nie mehr wieder her.

Ich denke hier, hier spürte ich es zum erstenmal wieder, dieses wohlvertraute und gefürchtete Ahnen, das meinen Körper belebte und meinen Geist sanft umnebelte, wie nichts sonst. Das Lust und Leid zusammenführte und so das eine erst erlebbar machte auf dem Hintergrund des anderen. Zaghaft begann es in meinen Fersen und zog leicht, beschwingt, die Wirbelsäule hin-

auf, ein wohliges Prickeln hinterlassend auf meiner erhitzten Haut. Nichts von dem, was ich nun sah, wunderte mich.

Mit bloßen Füßen trat ich durch die Tür und spürte zartes Grün unter meinen Sohlen. Harte Holzdielen waren weichem Moos gewichen. Begrenzende Mauern weiteten sich zu einem baumbeschatteten Weg. An seinem Ende standen Sie.

Freundlich lächelnd reichten Sie mir die Hand. Fester, länger als sonst, weil alles anders war, so wohl auch dies. Ich ließ mich nieder, lehnte meinen Rücken gegen einen rauhen Baum und schwieg. Es tat mir gut.

So wie der Tag allmählich in Dämmerung übergeht, damit uns die Nacht nicht zu plötzlich erreicht, so sanft und selbstverständlich hoben sich Gegensätze auf.

Lust und Schmerz trafen sich in meiner Seele und wurden Freunde.

Sieg und Niederlage entdeckten ihre Gemeinsamkeiten.

Recht und Unrecht sahen einander an und waren sich nicht mehr fremd.

Da spürte ich es wieder, dieses vertraute Gefühl. Es breitete sich aus in meinem Körper, ohne mein Zutun, ganz, von den Haarspitzen bis zu den Zehen. Nichts von dem, was nun geschah, tat ich aus mir heraus, es geschah mir, durch mich hindurch.

Ich war mir sicher, Sie würden sich hinabbeugen zu mir. Mich erheben, ja sagen zu mir und meinem Körper, mich teilhaben lassen an Ihrer Kraft, Ihrem Mut, wenige Minuten nur, doch lange genug für einen Schritt ohne Wiederkehr.

Was für ein Wahn.

Ich war mir Ihrer Lust sicher.

«Aufspringen», rief ich mir zu, «spring auf und laufe ihm entgegen, fünf, sechs Schritte nur, doch so beflügelt, als liefest du bergab im Morgengrauen auf einer frisch gemähten Sommerwiese. Er wird, er muß deine Hand ergreifen, und wir werden weiterlaufen in die neue Zeit hinein, bis wir ermattet niedersinken und uns finden.»

Doch meine Füße versagten ihren Dienst.

Ich war mir Ihrer Liebe sicher.

«Aufstehen», sagte ich mir, «stehe nur auf, daß du ihm aufrecht begegnen kannst, wenn er dir entgegenkommt. Deine Leidenschaft hat ihn nicht erreicht, aber dein Wille wird ihn zwingen. Er liebt Frauen mit einem festen Ziel. Lehne dich an den Stamm deines Baumes, er wird dich stützen, bis er dich in seine Arme schließt, und du wirst eins werden mit ihm und seiner Kraft, die so zu deiner wird und wiederum ihn bindet.

Doch meine Knie hielten meinen Körper nicht.

Ich war mir Ihres Erbarmens sicher.

«Sieh zu, daß du in seine Nähe kommst», flüsterte ich mir ein. «Es spielt keine Rolle, wie. Ob du schwach bist oder stark, schön oder häßlich, alt oder jung. Du bist du. Wenn er dir beistehen will, hast du gewonnen.»

Und diesmal versagte mein Körper nicht.

Es ging. Ungeahnte Kräfte wuchsen mir zu bei dem Gedanken, Sie zu lenken. Ihr Bild von mir wurde zu meinem Drehbuch. Leidenschaft, Lust, Stärke, Schwäche, Mut, Demut, alles wollte ich für Sie sein, damit Sie recht behalten und ich Sie nicht verliere.

Der weiche Untergrund machte mir das Kriechen leicht. Langsam schob ich mich Ihnen entgegen. Verschwunden war die beflügelnde Leichtigkeit der Liebe, die Antriebskraft der Sehnsucht. Zentnerschwer lastete Peinlichkeit auf meinem Körper. Zäh und klebrig behinderte mich mein Schamgefühl.

Doch dies hielt mich nicht auf.

Es ging voran. Ich kam Ihnen näher, Sie wichen nicht zurück.

Ich wünschte, ich wäre unsichtbar, und Sie würden mein Kommen nicht bemerken, nicht bevor ich bei Ihnen wäre. Sie würden nicht beobachten, wie ich mich vorarbeite, sondern die Augen schließen und einfach nur warten, bis ich angekommen wäre.

Ich sah und fühlte nur noch, was mir durch meine niedrige Position möglich war. Ich hörte nicht mehr, wie Sie mich ansprachen, wie sich Ihre Stimme veränderte. Es war unwesentlich, was Sie zu mir sagten. Ich wollte nicht wahrhaben, daß Ihre Worte den warmen Unterton verloren. Ich hoffte, daß Sie mich verstehen, nicht durchschauen.

Vorsichtig berührte ich Ihre Schuhe und küßte behutsam meine Tränen von dem glatten Leder. Mit zitternden Händen erfühlte ich die Muskeln Ihrer Waden, Ihre Knie, Ihre Schenkel. Es war ein unbeschreiblicher Rausch der Entdeckung, dies alles ertasten, erfühlen, mit allen Sinnen wahrnehmen zu können. Meine Arme umklammerten Ihre Hüften. Noch nie hatte ich Sie so gespürt. Bald würde mein Schoß Ihnen so nahe sein wie mein Geist.

Ein Rauschen begann in meinen Schläfen und durchzog meinen Körper gleich den Wellen bei Flut, die immer stärker und stärker gegen die Brandung spülten und mit jedem Male, mit dem Sie sich zurückzogen, mehr Sehnsucht und Verlangen in mir freischwemmten. Ich kannte nur noch eines:

Teilhaben an Ihrer Männlichkeit.

Meine Augen brannten, mein Mund war ausgedörrt, meine Haut heiß, und nicht mehr meiner Sinne mächtig, bedeckte ich mit Küssen, was für mich erreichbar war. Das Fluidum Ihres Körpers nahm mir den Atem. Besessen von einer nie gekannten Gier, bohrte sich mein Mund zwischen Ihre Schenkel und versuchte zu spüren, was da sein mußte. Was ich so gerne in meine Hände genommen und liebkost, mit meiner Zunge befeuchtet und mit meinen Haaren getrocknet hätte.

Getrieben von Sehnsucht, versuchte ich zu entfernen, was zwischen unseren Körpern stand. Stoff, der schützen, bedecken, wärmen sollte, wo dies nicht nötig war, weil es weder Gefahr noch Keuschheit, noch Kälte gab. Weil all dies ersetzt würde durch mich, meinen Mund, meine Zunge, meinen Schoß, mein Glück.

Ich ergriff das kleine silberne Metallteilchen an Ihrem Reißverschluß, um endlich Tatsachen zu schaffen, denn ich wußte, daß ich gewonnen hätte, wenn Sie sich bis dahin nicht aus Ihrer Erstarrung gelöst hätten. Ich war am Zug, im wahrsten Sinn des Wortes, doch der kleine silberne Wagen bewegte sich nicht. Ich zog und zerrte, ohne Erfolg. Er hatte sich verklemmt. Dieser ver-

fluchte Reißverschluß bewegte sich keinen Millimeter. Er saß fest und mit ihm ich. Nie war Erwachen grauenvoller als in diesem Augenblick.

Dort, wo die Sehnsucht meiner Lust Erfüllung finden sollte, war nichts zu fühlen. Mit heißen Lippen suchte mein Mund vergeblich. Kühler Stoff wurde tränenfeucht.

Was half es, daß ich Ihre festen Hände an meinen Wangen und meinem Kinn spürte. Ich wollte nicht von Ihnen lassen, nicht heute, nie mehr, und setzte Kraft dagegen, als Sie versuchten, meinen Kopf behutsam zurückzubiegen.

«Frau Daum», riefen Sie, erst leise, als träumte ich einen schweren Traum, später lauter, fordernder.

«Frau Daum, öffnen Sie die Augen, kommen Sie in die Wirklichkeit zurück.»

«Nein», flüsterte ich, «nein, das geht nicht mehr. Eher möchte ich sterben, so wie ich bin.»

Ich hielt Ihre Hüften umklammert und die Stirn gegen Ihre Lenden gepreßt. «Nie wieder möchte ich zurückkommen müssen, nie wieder aufwachen. Nie wieder möchte ich abgewiesen werden, nie wieder hungrig bleiben, nie mehr wieder all dies.»

«Frau Daum», Sie beugten sich zu mir herab, «Frau Daum, öffnen Sie die Augen, sehen Sie sich um, es ist nicht so furchtbar, wie Sie jetzt noch meinen. Es ist nur die Wirklichkeit.»

Sie lösten meine Hände von Ihrem Körper und richteten mich auf. Äußerlich.

Da wagte ich es, Ihnen ins Gesicht zu blicken, und sah durch meinen Tränenschleier Ihre Augen, forschend, klar und ärgerlich. Kein Moos, kein Wald, kein Baum, kein Abendhimmel. Der Therapieraum, das Fenster, Nachmittagssonne.

Ich hatte verloren, meine Chance war vorbei.

Sie standen am Fenster, so wie es wohl sein mußte, und ich vor Ihnen, ganz und gar verletztes Elend, ganz ich.

Hier an der Grenze alles Erträglichen gab es keinen Weg zurück ins Leben, nur noch den Tod.

Hier endlich kam mir der Himmel zu Hilfe. Ich blickte nach oben, wünschte mit ganzer Kraft…, und allmählich zeichneten Risse ein Spinnennetz auf die Zimmerdecke. Tiefer und immer tiefer wurden die Sprünge, Staub rieselte, Putzbrocken lösten sich und fielen dicht aufeinander zu Boden, bis die Decke brach und uns beide gnädig unter sich begrub.

XXII

Ohne Ihren ausdrücklichen Wunsch,

sehr geehrter Herr Dr. Steinberger,

hätte ich diesen Bericht nicht zu Ende gebracht. Auch wenn mich bei jeder Zeile, die ich lese, aufs neue tiefe Scham überkommt – ich habe dies so empfunden, an diesem verhängnisvollen Tag.

Und es gibt nichts, sosehr ich mich auch darum bemühe, das ich anführen könnte, um mich zu entschuldigen.

Jetzt, sieben Tage später, hoffe ich, durch meine Offenheit Sie nicht mehr im unklaren zu lassen über meine Obsessionen und wachsam zu machen, zu Ihrem und zu meinem Schutz.

Was mir bleibt, ist die Hoffnung, daß Sie mich verstehen, weiterarbeiten mit mir, mich nicht verlassen.

Und darüber hinaus die Trauer, daß ich niemals der Grund sein werde, wenn Sie in der Kühle der Nacht die wärmende Sonne auf Ihrem Körper spüren und in der Glut der Mittagshitze sanft und zart Schnee federleicht auf Ihrer Zunge fühlen.

Mit Tränen
Ihre Laura Daum

XXIII

Steinberger legte das Manuskript aus der Hand, lehnte sich zurück und sah in die Nacht. Er erinnerte sich nur zu gut an diese Sitzung, vor allem aber an sein schlechtes Gefühl nach Beendigung der Stunde.

Als Laura Daum wieder zu sich gekommen war, stand sie erst einige Momente reglos im Raum, als könne sie gar nicht begreifen, was gerade mit ihr geschehen war, drehte sich dann auf dem Absatz um und verließ fluchtartig seine Praxis. Eine Reaktion, die er bei ihr schon kannte, dennoch war er nicht schnell genug gewesen, um sie aufzuhalten.

Es war Mitte Januar, und er verdankte es der Außentemperatur, daß sie kurz darauf wieder zurückkam, um Mütze und Mantel von der Garderobe zu holen. Dies bot ihm Gelegenheit, die Stunde doch mit der notwendigen Verabschiedung, Blickkontakt und Händedruck zu beschließen und dabei an den nächsten Termin zu erinnern.

Damals hatte er sich unmittelbar danach einige Notizen gemacht, die sich allerdings nur auf den Verlauf der Stunde bezogen, nicht auf Lauras Aufzeichnungen, die sie ja erst geraume Zeit später zu Papier gebracht hatte.

Es war für ihn eine absolut schwierige Entscheidung. Sexuelle Bedürfnisse seiner Patienten, auf ihn übertragen, sollen und müssen innerhalb der Behandlung artikuliert werden. Wo sonst? Deswegen hatte er dieser Situation auch relativ viel Raum gelassen. Hätte er damit rechnen müssen, daß sie ihre Phantasien ausagieren und tatsächlich auf den Knien zu ihm kriechen würde? Und vor allem, hätte er ahnen müssen, was dabei in ihr vorging? Aus dem, was sie tat, konnte er nur unzureichend schließen, was sie dachte. Objektiv gesehen geschah nichts weiter, als daß sie langsam von der Couch rutschte, auf ihn zukroch, seine Hüften umklammerte und weinte.

Zugegeben, damals spielte auch seine Neugierde eine gewisse

Rolle. Er wollte einfach wissen, wie weit diese Frau gehen würde. Und wissenschaftliche Neugierde hielt er im Prinzip für legitim.

Heute war das nicht mehr sein vordringlichstes Interesse, nur, das änderte am Verlauf der Dinge auch nichts mehr. Immerhin gewann er in dieser Stunde sehr viele Einsichten, die er anders nicht so schnell bekommen hätte und die letztlich ungeheuer wichtig waren.

Irgendwo mußten auch seine damaligen Notizen sein.

Er blätterte kurz nach und las:

- Hysterische Persönlichkeitsstruktur
- Stufenweise Regression (Laufen, Stehen, Kriechen)
- Idealisierungen und erotische Phantasien einer Pubertierenden
- Größenphantasien
- Psychotische Momente (Deckeneinsturz!)
- Neuinszenierung ihres Themas: «Abgewiesen werden»

Resümee:

Bei dem Versuch, in diesem Rahmen Annahme zu ermöglichen, etwas zu lange gewartet.

Agenda:

Diese Trauer muß noch öfter thematisiert werden, in einem unverdächtigeren Rahmen, damit sie endgültig aufgearbeitet werden kann und nicht in Wut oder Haß umschlagen muß.

Supervision!!!

Trotz der Ausrufezeichen hinter dem Wort Supervision hatte er sich damals keine Zeit dafür genommen. So fehlte ihm jetzt eine zweite Meinung zu diesem Vorgang.

Mit Frau Daums Aufzeichnungen bekam die ganze Szene noch einmal eine andere Perspektive. Ihm war nie richtig klar gewesen, ob die zweite Hälfte, die eher berechnende Ebene, die sie ehrlicherweise in ihren Bericht mit eingebracht hatte, damals tatsächlich so präsent oder ob sie erst einige Tage später, bei einer ersten Reflexion, mit eingeflossen war. Möglicherweise hätte er in ersterem Fall anders weiterbehandeln müssen. Aber auch so war eines gewiß: Diese Stunde wurde völlig aufgearbeitet, mühsam zum Teil, aber ohne Reste. Aus dieser Phase ist sicher nichts zurückgeblieben.

Wie auch immer, seinerzeit stand er sehr stark unter dem Eindruck des nachweislich Geschehenen und hielt es für stimmiger als die phantasiedurchwirkte Niederschrift.

Ein Fehler?

Eher nein. Dagegen sprach auch der Deckeneinsturz gegen Ende der Geschichte. Jedenfalls ist er nicht zu realisieren. Da hatte er es besser als Siegwart Hofer.

Den Mord an Marie brachte er in dieser Psychose-Theorie ohnehin nicht unter. Auch wenn der Anschlag eigentlich ihm galt. Die Methode stimmte einfach nicht.

Das kleine Lämpchen an seinem Anrufbeantworter blinkte. Er nahm ab.

«Herr Hiller?»

«Ich wollte Sie beruhigen und Ihnen eine gute Nacht wünschen. Herr Maier ist noch in Sicherheit und wird morgen dem Haftrichter vorgeführt. Um ihn müssen wir uns die nächsten Wochen sicher nicht sorgen.»

«War er denn zwischenzeitlich frei?»

«Nein, den Kollegen ist die ganze Sache ausgesprochen peinlich. Er hat Sie vom Präsidium aus angerufen. Man hat ihn wohl einige Minuten allein lassen müssen, und die Gelegenheit hat er genutzt.»

«Vielleicht mußte er sich einfach nur Luft machen, ich kann das sogar verstehen.» Steinberger war erleichtert. «Übrigens, ich muß Sie morgen noch einmal sprechen, wegen Laura Daum. Können wir den Termin kurzfristig vereinbaren? Ich übersehe den Tag morgen noch nicht.»

«Jederzeit, und noch mal, gute Nacht.»

«Gute Nacht, Herr Hiller.»

Steinberger legte die Unterlagen in seinen Aktenkoffer, löschte die Lichter und ging nach oben. Die Tür ließ er angelehnt. Er wollte nur noch eines, schlafen. Ohne schwere Träume, ohne Telefongeklingel, ohne offene Türen oder irgendwelche Stimmen. Einfach nur schlafen, so lange, bis er von selber wieder erwachen würde. Das Duschen verschob er auf den nächsten Morgen. Er fiel ins Bett und schlief sofort ein.

Das Klopfen war leise, unregelmäßig und klang, als klopfe jemand gleichzeitig auf Holz und Glas, dumpf und hell in einem. Er war sich nicht sicher, ob er träumte, sah zum Fenster, entdeckte nichts als Dunkelheit und drehte sich noch einmal um. Das ganze Theater wurde ihm zunehmend zuwider. Klopfen, Geräusche, Schatten, weiß der Himmel, was diese Nacht noch für ihn parat hatte. Er zog die Decke über den Kopf. Auch zum Spuk gehören zwei, einer vor allem, der es mit sich machen läßt. Es half nicht auf Dauer. Das Klopfen ging in Trommeln über. Steinberger tastete nach seinem Wecker. Er zeigte erst zwei Uhr. Drei Stunden Schlaf, das war einfach zuwenig. Wie benommen griff er nach seinen Kleidern. Das Hemd war noch vom Ausziehen nach innen gewendet. Er warf es in die Ecke und zog den Pullover über seinen nackten Oberkörper. Der Fußboden war eiskalt. Er bereute, daß er sich nicht die Zeit genommen hatte, Strümpfe und Schuhe anzuziehen. Das Trommeln kam eindeutig von seiner Terrassentür und brach ab, als er Licht machte.

In der Dunkelheit sah er eine kleine Gestalt, geduckt neben dem Ligusterstrauch, und war sich sicher. Laura Daum.

Endlich war sie zu ihm gekommen. Seit Tagen hatte er auf diese Begegnung gewartet. Er erinnerte sich einen Moment der Warnung Hillers und überlegte, ob er vor seiner Tür Bescheid sagen sollte.

Da klopfte es noch einmal. Leise, zaghaft, so wie ein verletzter Vogel um Einlaß bitten würde, wenn er in Gefahr wäre. Ein kleines graues Gesichtchen preßte sich gegen die Hausmauer, um in dem Lichtkegel, der nach außen fiel, nicht gesehen zu werden. Diese Hilflosigkeit rührte ihn an. Er konnte nicht anders, ging zur Tür und öffnete.

Wie ein Nachtschatten schlüpfte Laura Daum durch die schmale Öffnung ins Innere. In diesem Moment war ihm klar, daß er sie nicht für schuldig hielt, ja auch nicht für schuldig halten durfte, konnte, nicht im moralischen Sinne.

Sie war Opfer, hatte sich zum zweitenmal zu ihm geflüchtet, und er hatte ihr soeben Asyl gewährt.

Am liebsten hätte er sie in seine Arme geschlossen, ganz spontan, und seiner Freude Ausdruck verliehen, daß sie wohlbehalten vor ihm stand. Er hätte so gerne getan, worum sie in ihrem Brief gebeten hatte: Allen therapeutischen Begriffen Hausverbot erteilt in seinem Kopf und nur nach seinem Herzen gehandelt. Doch er erlaubte es sich nicht. Sie brauchte ihn anders, dessen war er sich sicher. Nicht als Mann. Als Therapeut, als Anwalt, als Arzt.

Steinberger schloß die Tür und zog den Vorhang zu, als hätte er etwas zu verbergen. Er ging der zitternden Gestalt entgegen, die noch immer auf der gleichen Stelle in seinem Arbeitszimmer stand, die Hände vor dem Gesicht. Sie war völlig durchnäßt und fror.

Seit vier Tagen hoffte er, daß diese Frau sich bei ihm melden würde, weil er Fragen über Fragen an sie hatte. Doch der erste Satz, den er zu ihr sagte, überraschte ihn selber:

«Wie gut, daß Sie da sind. Meine Haustür wird überwacht.»

«Ich weiß», Laura Daum nahm langsam die Hände vom Gesicht, «deswegen komme ich auch durch den Garten.» Über ihrem rechten Auge klaffte eine Schnittwunde, die sich von der Höhe der Nasenwurzel bis zum Haaransatz zog. Nicht sehr tief, stellte er mit einem kurzen Blick fest, aber sie müßte versorgt werden.

«Bitte entschuldigen Sie. Ich sehe schrecklich aus und fühle mich auch so. Seit Stunden verstecke ich mich zwischen Hecke und Mülltonnenhäuschen in Ihrem Garten, und es hat fast ununterbrochen geregnet. Ich muß Sie unbedingt sprechen, bevor mich die Polizei findet.»

«Kommen Sie erst einmal mit.» Steinberger schob sie vorsichtig aus dem Raum, die Treppe hoch in sein Badezimmer und ließ heißes Wasser in die Wanne laufen. Warmer Wasserdampf erfüllte den Raum. Laura Daum überkam ein leichter Schüttelfrost.

«Sie sind ja völlig durchgefroren.» Er wies auf ihre blau unterlaufenen Fingernägel.

«Ziehen Sie die nassen Sachen aus, und bleiben Sie so lange in der Wanne liegen, bis Sie das Gefühl haben, wieder einigermaßen durchwärmt zu sein. Den Kopf nicht unter Wasser halten, die Verletzung versorge ich später. Und schließen Sie bitte nicht ab, damit Hilfe möglich ist, falls Ihr Kreislauf kollabiert.»

Laura Daum nickte und begann ohne weiteren Einwand die Knöpfe ihres durchweichten Mantels zu öffnen.

«Ich lege Ihnen einige trockene Kleidungsstücke vor die Badezimmertür», sagte Steinberger, «wenn Sie etwas brauchen, rufen Sie bitte.» Er schloß die Tür und ging die Treppe hinunter. Kleidung, dachte er, jetzt braucht sie erst einmal etwas anzuziehen. In der Küche bewahrte Marie immer einige alte Jeanshosen auf, für Gartenarbeit und ähnliches. Wenn Elisabeth sie heute nachmittag nicht entfernt hatte, müßten sie noch in der rosa-schwarzen Plastiktüte im Besenschrank liegen.

Sie waren noch da, frisch gewaschen. Socken, T-Shirt und Pullover kramte er aus seinem Schrank. Viel zu groß alles, aber trocken. Er legte das Bündel vor die Badezimmertür, klopfte kurz, fragte, wie es ginge, und lief, nachdem er ein leises «Ich komme sofort» vernommen hatte, zurück in die Küche.

Heißer Tee würde ihnen beiden jetzt guttun.

Wer weiß, wann sie das letzte Mal etwas gegessen hatte.

Er öffnete die Kühlschranktür. Gähnende Leere.

Einkaufen, dachte er, das werde ich nun wieder selber tun müssen.

Im Vorratsschrank fand er noch einige eingeschweißte Salzkekse, die der Spurensicherung offensichtlich nicht interessant genug waren.

Er stellte alles auf ein Tablett und trug es ins Wohnzimmer, dieser Raum konnte von außen am wenigsten eingesehen werden. Zwischendurch ging er nach oben, um sich selber korrekt anzukleiden, horchte kurz an der Badezimmertür, ob alles in Ordnung sei,und eilte wieder nach unten.

Eine gute Gesprächsatmosphäre ist jetzt wichtig, überlegte er, stellte Tee und Teetassen auf ein kleines rundes Tischchen, rückte zwei Sessel so zueinander, daß beim Sprechen Blickkontakt möglich war, und ersetzte die Deckenbeleuchtung durch das warme gebündelte Licht einer Stehlampe, die er hinter dem Teetisch aufstellte.

Dann sah er sie langsam und müde die Treppe heruntersteigen. Sie ertrank fast in seinem grauen Shetlandpullover und hatte die Beine der Jeanshose mehrfach umgeschlagen. Das einzige, was beinahe paßte, waren seine Wollsocken. Es war ihm bislang noch nie aufgefallen, aber sie hatte ungewöhnlich große Füße. In ihrer rechten Hand schleifte sie ein völlig verdrecktes, unförmiges Kleidungsstück hinter sich her. Wortlos und mit gesenktem Kopf ging sie auf ihn zu und ließ das Bündel vor seinen Füßen fallen. Er hörte ein metallenes Scheppern.

Steinberger wurde blaß. Er erkannte seine Hausjacke wieder, die er seit einiger Zeit vermißt hatte. Genauer gesagt, seit dem Sturm in der Nacht, bevor Marie sterben mußte.

XXIV

Das konnte nur eines bedeuten.

«Wo haben Sie das her?» Steinberger versagte die Stimme. Er hätte schreien mögen, brachte aber nur ein heiseres Krächzen heraus, das in keinem Verhältnis zu seinem Erschrecken stand.

«Verdammt noch mal, wo haben Sie das her?»

Er packte Laura Daum an den Schultern. «Wenn Sie jetzt nicht sofort den Mund aufmachen und sagen, woher Sie diese Jacke haben...»

Weiter kam er nicht. Sie war zu seinen Füßen zusammengesunken und schluchzte.

«Frau Daum...» Er beugte sich zu ihr hinunter, und jedes weitere Wort blieb ihm im Halse stecken. Das Dreckbündel neben Laura Daum roch eindeutig nach Rosen.

«Ich habe das so nicht gewollt.» Laura schluchzte weiter. «Bitte glauben Sie mir, es war ein Unfall, ein schrecklicher Unfall. Ich werde das alles wieder in Ordnung bringen. Ich habe mir ja gedacht, daß Sie wütend werden. Aber man kann das waschen und nähen. Ich werde das selber wieder zunähen, wirklich, ich kann so etwas, Sie werden später kaum noch merken, daß es jemals anders war. Alles, alles werde ich wiedergutmachen. Und noch viel besser, als es vorher war. Sie müssen es nur zulassen, bitte.»

Steinberger ging einige Schritte auf Distanz.

Etwas war ihm fremd an dieser Frau. Dieser Ausbruch war gespielt. Er kannte sie zu gut, um das nicht zu spüren. Diese lächerliche Thematik in dieser Situation, die Diktion, die Wortwahl. Auch die Art, wie sie vor ihm lag, seitlich, die Beine leicht angewinkelt, den Kopf gesenkt, so daß ihr Gesicht von ihren dichten Locken halb bedeckt wurde. Einfach theatralisch. Wut stieg in ihm hoch und Enttäuschung.

Beides konnte er nur schwer verbergen.

«Stehen Sie auf.»

Laura Daum war über den Ton irritiert; sie folgte sofort.

«Und jetzt unterlassen Sie den kindischen Versuch, mir hier etwas vorspielen zu wollen, das verfängt nicht.»

Sie sah ihn vorsichtig von der Seite an.

«Erinnern Sie sich an unser Behandlungsbündnis zu Beginn Ihrer Therapie?»

Sie nickte.

«So eine Vereinbarung treffen wir für dieses Gespräch noch einmal. Sie sind zu mir gekommen, weil Sie meine Hilfe brauchen. Ich tue für Sie, was ich kann, wenn Sie mir sagen, was Sie wissen, und zwar so genau und wahrheitsgemäß, wie es Ihnen möglich ist. Wenn nicht, hat dieses Gespräch keinen Sinn, und ich muß Sie bitten, zu gehen.»

«Ja, aber…»

«Kein Ja-Aber, Frau Daum, ja oder nein.»

«Ja.»

Sie schluchzte, doch er war fest entschlossen, sich davon nicht beeindrucken zu lassen. Beinahe hätte er wieder Mitleid mit ihr empfunden, wenn er nicht gespürt hätte, daß sie ihn aus den Augenwinkeln beobachtete.

«Das heißt, ich stelle jetzt die Fragen, und Sie beantworten sie knapp und klar.»

Laura Daum nickte. Er deutete auf einen Stuhl an seinem großen Tisch. Ihm war nicht mehr nach Sessel oder Teegemütlichkeit. «Setzen Sie sich.»

Laura Daum nahm Platz, er blieb stehen.

«Wann haben Sie die Jacke aus meinem Haus entwendet?»

«Das habe ich nicht getan. So etwas würde ich nie tun, ich vergreife mich nicht an fremdem Eigentum. Sie müssen mir das glauben, schon gar nicht an Ihrem.»

«Wie kommen Sie dann dazu?»

«Ich habe sie ihr weggenommen. Richtig vom Leibe mußte ich sie ihr reißen. Das ganze Unglück wäre nicht geschehen, wenn sie diese Jacke nicht angezogen hätte. ‹Das ist seine›, habe ich ihr gesagt. ‹So etwas kannst du nicht tun. Zieh sofort die Jacke aus.› Aber sie hat es nicht gemacht. ‹Mach dich nicht lächerlich›, hat sie gesagt, ‹der braucht sowieso bald keine mehr.› Sie hat noch viel Schlimmeres gesagt, ich kann das alles gar nicht wiederholen. Es war so schrecklich. Deswegen sieht sie auch so schrecklich aus.»

Steinberger überlegte, ob dies wohl ein erstes Anzeichen für einen schizophrenen Schub sein könnte, verwarf den Gedanken aber wieder. Dagegen sprach sein Gefühl, daß sie hier etwas inszenierte. Er nahm ihr Thema auf. «Wer sieht schrecklich aus?»

«Die Jacke. Jetzt hat sie etwas von mir und von ihr. Sie ist so schmutzig wie ihre Worte und so zerrissen, wie ich es bin. Sie wollte sie einfach nicht hergeben. Ich habe ihr gesagt, ich bringe sie zurück. Aber sie wollte das nicht zulassen. Sie sagte zu mir: ‹Du bist verrückt!› Aber es ist doch nicht verrückt, wenn man etwas zurückbringen will, was einem nicht gehört.»

Sie legte den Kopf auf ihre Unterarme und schluchzte.

Jetzt ging das schon wieder los. Er konnte sich nicht vorstellen, wozu sie das inszenierte. Sie fühlte sich verfolgt, hatte Angst, war mit den Nerven am Ende, und der, von dem sie sich Hilfe erbeten hatte, den sollte sie gleichzeitig zum Narren haben?

Unglaublich, das Ganze.

Er beschloß erst einmal, diese Szene abzukürzen.

Laura Daum streifte sich mit dem Handrücken die Haare aus der Stirn und berührte dabei ihre Schnittverletzung. Unwillkürlich zuckte sie zusammen.

«Woher haben Sie diese Verletzung?»

«Von ihr, sie hatte ein Messer in der Hand. Aber ich auch. Es tut mir so leid, daß ich nicht daran gedacht habe, daß sie Ihre Jacke trägt. Jetzt ist ein riesiges Loch vorn, neben den Knöpfen.»

Laura Daum sprang auf, hob das Bündel hoch und drehte es um. Sein Schlüsselbund fiel aus der Tasche. Auf der Vorderseite war ein längerer Riß. Sie ließ es wieder auf den Boden fallen.

«Das Blut ist nicht so schlimm, man kann das gut auswaschen in kaltem Wasser. Ich werde das gleich probieren.»

Sie wollte das Bündel wieder aufnehmen, als Steinberger sie grob unterbrach. Ihm reichte es. «Setzen Sie sich, Frau Daum, und hören Sie jetzt endlich auf mit dem Theater.»

Sie weinte.

«Wem haben Sie die Jacke weggenommen?»

«Zenta Sauer.»

«Zenta Sauer?»

Steinberger war fassungslos. «So kommen wir nicht weiter. Wir machen jetzt einen letzten Versuch, Frau Daum.»

Er bemühte sich, ruhig und sachlich zu bleiben.

«Warten Sie bitte einen Moment.»

Aus seinem Arbeitszimmer kam er mit einem Papierbogen zurück, der die ganze Tischfläche bedeckte. Dann öffnete er ein Päckchen dicker, farbiger Filzstifte, entnahm einen schwarzen und erklärte:

«Was Sie bis jetzt erzählt haben, hört sich ausgesprochen wirr an, und ich werde das Gefühl nicht los, daß Sie diese Verwirrung bewußt stiften, um etwas anderes zu verbergen.»

Laura Daum schluchzte erneut auf.

«Versuchen wir doch einmal, die Fäden systematisch zu entwirren. Beginnen wir mit der Geschichte auf dem Herzogstand.»

Er malte einen großen schwarzen Kreis auf das Papier und schrieb in die Mitte «Siegwart Hofer».

«Was ist das?»

«Das ist der Versuch, in einem ungeordneten Geschehen Zusammenhänge zu entdecken. Weiter nichts. Eine Methode zur Strukturierung und nennt sich Cluster.»

«Was muß ich dabei tun?»

«Sie antworten auf meine Fragen. Knapp und klar.»

Unter den Namen Siegwart Hofer schrieb er «Herzogstand».

«Waren Sie dabei?»

«Ja.»

«Haben Sie ihn hinuntergestoßen?»

«Nein.»

«Wurden Sie von ihm regelmäßig mißhandelt?»

«Ja und nein.»

«Was heißt das?»

«Das kann ich nicht in einem Satz erklären.»

Ihre Stimme hatte den hysterischen Unterton verloren. Plötzlich wirkte sie sachlich und klar.

«Ich höre!»

«Die Beziehung zwischen Siegwart und mir war von besonderer Art. Sie wissen das ja schon alles.»

Steinberger nickte.

«Wir haßten uns und wirkten doch wie zwei Magnete aufeinander, wenn wir uns zu nahe kamen. Jedesmal, wenn ich ihm im

Treppenhaus begegnete, spürte ich, daß zwischen uns etwas war. Aber ich wußte lange Zeit nicht, was. Anfangs suchten wir mehr unbewußt diese Begegnungen, später absichtlich. Siegwart wohnte ja früher bei Zenta Sauer, wir waren Nachbarn.»

«Das ist mir völlig neu.»

«Habe ich das nicht erzählt?»

«Nein.»

«Ach.»

«Weiter.»

«Es war auch nicht wichtig. Wir waren locker befreundet und haben das eine oder andere miteinander unternommen. Biergarten, Kino und so weiter. Für kulturelle Dinge hatten die beiden kein Interesse, aber das war auch nicht nötig. Obwohl mir mitunter schon ein etwas anspruchsvolleres Gespräch gefehlt hatte. Doch wenn ich ein interessantes Thema angeschnitten habe, wurde mir immer gleich vorgeworfen, ich ließe meinen Ingenieur heraushängen. Irgendwann habe ich dann aufgegeben. Es wäre auch so eine ganz nette Beziehung gewesen, wenn nicht Siegwart immer häufiger diesen eigenartigen Blick bekommen hätte, sobald er mich sah. Es war, als sähe er durch mich hindurch in eine andere Welt. Ich werde den Tag nie vergessen, als wir bei einer gemeinsamen Bergwanderung einen kleinen Wildbach überqueren mußten. Es lagen zwar einige Steine im Wasser, aber die waren bemoost und ziemlich rutschig. Wir Frauen, Zenta und ich, trauten uns nicht so recht hinüber. Da trug uns Siegwart. Erst Zenta, dann mich. Zenta maulte auf der anderen Seite etwas von ‹Mußt du mich immer so grob anfassen›, aber mir, mir hat das unheimlich gut gefallen. Siegwart hatte einen ganz festen Griff. Er packte mich mit der einen Hand an der linken Schulter und mit der anderen zwischen den Beinen am Po. Jeder Finger von ihm hinterließ einen blauen Fleck auf meiner Haut, und obwohl es richtig schmerzhaft war, hat es mich unheimlich erregt. So etwas Intensives habe ich vorher noch nie gespürt. Ich sah Siegwart an und er mich, und wir wußten, was mit uns los war. Am selben Abend stand er mit seinem Koffer vor meiner Tür. Er hat mir nie erzählt, was vorher bei Zenta geschehen ist, obwohl ich ihn öfter danach gefragt habe. Aber was auch immer, ich hätte ihm nicht ausweichen können, das wußte ich.

Für Zenta war ich natürlich ein Ungeheuer, das ihr bürgerliches Glück zerstört hatte.

Mein Leben mit Siegwart war wie ein Fluch, anders kann ich es nicht nennen.

Er war dominant und kam nur auf seine Kosten, wenn er vorher zuschlagen konnte. Und mir kam das entgegen, weil es mir einerseits nicht viel ausmachte, ich ihn aber andererseits dadurch in der Hand hatte. Dieses Gefühl wirkte auf mich stimulierend.»

«Ich weiß, darüber haben wir ja schon ausführlich gesprochen. Bitte kommen Sie jetzt endlich zur Sache.»

«Richtig, nur, während meiner Zeit bei Ihnen nahmen meine Gefühle für Siegwart immer mehr ab. Anfangs dachte ich, ich wäre ihm noch etwas schuldig, und wir vereinbarten, daß wir einmal in der Woche zu einer bestimmten Zeit und nur für eine bestimmte Dauer zusammenkämen. Ihm war das auch recht so, im Grunde fraß er mir ja aus der Hand, so paradox das klingt. Aber ich konnte auch das nicht mehr lange tun. Für mich wurde es immer mehr Schmerz und Angst und immer weniger Lust. Dieser Mann reizte mich nicht mehr.

Als ich die Analyse bei Ihnen beendete, war von all den Gefühlen nur noch Ekel geblieben. Wir mußten uns trennen.

Aber Siegwart wollte nicht.

Es hätte einfach zu lange gedauert, mich mit ihm auseinanderzusetzen. Deshalb beschloß ich zu fliehen. Ich rief meine Schwester an und fragte, ob sie mir nicht einen Job besorgen könnte.

Abstand gewinnen, ohne Zwang und Kampf über mein Leben nachdenken, mehr wollte ich nicht.

Ich kündigte heimlich und buchte einen Flug.

Natürlich habe ich mir auch überlegt, ob ich vorher noch einmal zu Ihnen kommen sollte, um Ihre Meinung zu meinem

Vorhaben zu hören, entschied mich aber anders. Ich wollte Ihnen meine Selbständigkeit beweisen und Ihnen schreiben, wenn mir in Kalifornien ein neuer Start gelungen wäre.»

«Den Eindruck hatte ich auch, daß Sie die Kraft und Energie genug haben, Ihr Leben neu zu regeln.»

«Ich hätte Ihnen so gerne etwas zurückgegeben, als Dank für die Mühe, die Sie auf mich verwendet haben. Und was sonst hätten Sie angenommen – als die Bestätigung Ihrer eigenen Arbeit.»

Sie lächelte beinahe verträumt. Jetzt war sie wieder seine alte Laura Daum.

«Warum hat das dann nicht geklappt?»

Seine Stimme wurde weicher.

«Ja, warum? Ich hatte meine Koffer gepackt und bin zu Zenta Sauer gegangen.

‹Du kannst ihn wiederhaben, deinen Siegwart›, habe ich zu ihr gesagt. ‹Ich fliege heute um vierzehn Uhr, und wenn alles gutgeht, für immer. Ab siebzehn Uhr steht er bei mir zur Abholung bereit.›

Es war sicher scheußlich von mir, aber ich habe es richtig genossen. Es war ihr freier Tag. Sie stand unter der Tür mit Lokkenwicklern und Kittelschürze und starrte mich an.

‹Wenn du Müll zu entsorgen hast, dafür stehen im Hof Abfalltonnen›, sagte sie und knallte mir die Tür vor der Nase zu. Ich weiß nicht, wen sie mehr haßte, mich oder Siegwart.

Als ich dann in meine Wohnung zurückging, um ein Taxi zu rufen, kam dieser verhängnisvolle Anruf von Rosi, meiner Schwester. Ich habe gar nicht so genau hingehört, was sie alles gesagt hat, ich habe nur verstanden, daß sie irgend jemanden vertreten müsse, beruflich, die nächsten vier Wochen unterwegs sei und sich nicht um mich kümmern könne. Deshalb solle ich erst Mitte Juli kommen. Den Flug wolle sie mir ersetzen, wenn ich ihn nicht mehr stornieren könnte, und vier Wochen seien ja keine Ewigkeit.

Ich hätte trotzdem fliegen sollen. Ein bißchen Geld hatte ich ja, aber damals konnte ich vor lauter Enttäuschung keinen vernünftigen Gedanken fassen. Ich habe den Flug nicht abgesagt, mich in mein Zimmer verkrochen und erst mal geheult. Siegwart hat von alldem nichts gemerkt.

Das war am Donnerstag. Am Freitag sind wir zusammen auf die Bergtour gegangen.»

«Sie gingen mit ihm in einer Seilschaft, das ist doch eigentlich eine Vertrauensfrage.»

«Normalerweise schon, nur, bei uns war das früher so eine Art Spiel. Ich leide unter Höhenangst und konnte solche Strecken nicht allein gehen. Das Aufregende für mich ist die Abhängigkeit gewesen, die in dieser Unternehmung deutlich geworden ist. Letztlich habe ich bei solchen Touren immer befürchten müssen, daß er mich irgendwann einmal da oben losbindet und allein läßt. Dann wäre ich in Panik geraten. Deshalb habe ich auch überall ein zweites Seil mitgeschleppt. Ich hätte dann irgend jemanden gebeten, mir über die entscheidenden Stellen hinwegzuhelfen. An diesem Tag jedoch war von alldem nichts mehr. Ich bin nur mitgegangen, um mich nicht mit Siegwart auseinandersetzen zu müssen.»

«An diesem Tag sind Sie dort oben auch ganz gut allein zurechtgekommen.»

«Ja, das hat mich auch überrascht. Ich hatte schon befürchtet, ich müßte neben ihm sitzen, bis er ohnmächtig würde. Aber ich konnte fliehen.»

«Kommen wir auf den Punkt zurück.»

Steinberger zeichnete in den Kreis auf dem Papierbogen ein schwarzes Kreuz.

«Ich habe ihn nicht gestoßen. Er ist ausgerutscht, aber ich dachte mir, wenn der erste Teil meiner Phantasien in Erfüllung geht, dann soll es am zweiten Teil nicht scheitern. Ich wollte ihn loswerden, habe das zweite Seil weggeworfen und bin so schnell ich konnte abgestiegen.»

«Und unterwegs ist Ihnen nichts klargeworden? Sie hätten doch auch unten die Bergwacht verständigen können.»

«Im Gegenteil, ich habe befürchtet, daß ihn jemand findet und rettet. Wenn er mich nicht verraten hätte, dann nur, um mich für den Rest meines Lebens mit diesem Mordversuch zu erpressen. Ich hätte nicht erklären können, warum ich nicht gleich zur Seilbahn zurückgegangen bin, um Hilfe zu holen. Das hätte eine halbe Stunde gedauert.

Ich wäre ihn nie mehr losgeworden. Mein Leben wäre von diesem Tag an eine wirkliche Qual gewesen, ohne feste Regeln, ohne Codewort, ohne ein Zurück.

Als ich nach Hause kam, war es schon spät. Ich bin mit dem Zug gefahren, Siegwarts Auto konnte ich ja nicht nehmen. Da stand plötzlich Zenta Sauer unter der Tür.

‹Sieh mal an›, sagte sie. ‹Du bist also gar nicht geflogen. Du bleibst. Will er denn, daß du bleibst? Und du Schaf gehorchst?›

Mir kam sofort der Gedanke, daß sie mich gesehen hatte, um diese Zeit, mit Bergstiefeln. Sie hatte mich in der Hand und wußte es nur noch nicht.

‹Wo ist er›, fragte sie, schon ziemlich angetrunken, ‹sag mir sofort, wo er ist, damit ich dieses treulose Schwein umbringen kann.›

Ich war einfach nicht mehr imstande, klar zu denken.

‹Bemüh dich nicht›, habe ich ihr gesagt, ‹das habe ich schon erledigt.›»

Laura Daum machte eine kleine Pause. Sie sah Steinberger an.

«Dürfte ich eine Tasse Tee haben? Mein Hals ist ganz trokken.»

«Er ist kalt.»

«Das macht nichts.»

Steinberger reichte ihr eine Tasse.

«Mein Gott, das ist ja alles schrecklich.»

«Das Schlimmste kommt erst noch.»

Sie stellte die Teetasse ab, nahm Steinberger den schwarzen Filzstift aus der Hand und malte einen zweiten Kreis auf das Papier. In die Mitte schrieb sie «Marie Maier».

«Woher kannten Sie Marie?»

«Gar nicht, ich habe sie auch nicht getötet und bin trotzdem schuld an ihrem Tod.»

Laura Daum schwieg.

«Erzählen Sie weiter.» Steinberger wurde wieder ungeduldig.

«Ich weiß nicht mehr genau, warum ich damals Zenta in meine Wohnung gelassen habe. Vielleicht, weil sie gesagt hat: ‹Er hat es nicht anders verdient, er war ein treuloses Schwein. Wenn du es nicht getan hättest, dann hätte ich es gemacht.› Oder einfach, weil ich ihr ohnehin nicht mehr entkommen konnte.

Ich erzählte ihr, wie es passiert war, und auch von dem Stundenprotokoll bei Ihnen, und wie eigenartig alles zusammenpaßte.

Sie meinte, der Fall liege ganz klar. Mir sei das so vorherbestimmt gewesen, ich hätte gar nicht anders handeln können, denn gegen den Willen der Sterne sind Menschen machtlos. Genauso wie es mir vorherbestimmt gewesen sei, daß ich ihr vorhin begegnet bin. Die Gerechtigkeit sucht sich immer ihren Weg, und wir sind Werkzeug, weiter nichts. An diesem Abend habe ich das einfach geglaubt. Sie hat mich freigesprochen. Verstehen Sie, was das für mich bedeutet hat?»

«Reden Sie weiter.»

«Dann hat sie die Dinge in die Hand genommen. Kein Mensch würde mir glauben, daß dies ein Unfall war, meinte sie, bot mir an, mich zu verstecken. ‹Wir tun einfach so, als seist du wirklich nach Kalifornien geflogen. Es hätte ja sein können.›

Als Sie Zenta Sauer aufsuchten, war ich in ihrer Wohnung. Sie wurde furchtbar wütend damals, als ich aus Gewohnheit die Toilettenspülung betätigt habe. Erinnern Sie sich? Ich hätte mich so gerne bemerkbar gemacht, gerufen, Sie um Hilfe gebeten. Aber es ging nicht. Zenta hatte mich in der Hand. Im Schlafzimmer nebenan wollte ich später dem Zufall nachhelfen und habe eine Vase zu Boden fallen lassen. Sie haben es nicht gehört. Hernach war ich froh darüber, denn ich mußte ja befürchten, daß Sie mich für schuldig hielten und der Polizei von diesem verhängnisvollen Protokoll erzählten. Hätten Sie das getan?»

«Warum sind Sie jetzt da, wenn Sie das befürchten?»

«Ich habe keine andere Wahl mehr. Von Zentas teuflischen

Plänen hatte ich bis heute abend keine Ahnung. Erst als sie diese Jacke anzog und mir sagte, es wäre Ihre, erst da hat sie mir erzählt, daß sie versucht hat, Sie umzubringen. Daß sie im Garten gewartet hat, bis sie Ihre Jacke mit allen Schlüsseln stehlen konnte, und wie sie dann am nächsten Morgen ungehindert Zugang zu Ihrem Haus hatte, als Marie Maier einkaufen war. Sie wollte Sie töten, um sich an mir zu rächen.»

«Woher wissen Sie das?»

«Sie hat es mir gezeigt.»

«Sie hat es Ihnen gezeigt?»

«Sie hat die Karten für Sie gelegt, viermal hintereinander. Und viermal hintereinander haben die Karten entschieden, daß Sie sterben müssen. Es gäbe da gar keine andere Möglichkeit, weil...»

«Weil wir gegen den Willen der Sterne machtlos sind. Das darf doch nicht wahr sein.» Steinberger schüttelte den Kopf. «Und?»

«Der Tod von Marie war ein Unfall, aber das nächste Mal, sagte sie, würde es klappen. Ich habe versucht, an ihren Verstand zu appellieren. ‹Sie werden dir draufkommen›, habe ich ihr gesagt. ‹Dieses Zeug, dieses Bromat aus euren alten Lagerbeständen, das werden sie finden. Ihr habt doch das meiste davon über das Giftmobil entsorgt. So etwas fliegt auf, glaube es mir.› – ‹Sorge dich nicht um mich, meinte sie, es fliegt immer nur auf, was auffliegen soll.›

‹Aber er hat dir doch nichts getan. Wenn, dann müßtest du mich umbringen. Ich habe ja Siegwart damals die Tür geöffnet.›»

Laura Daum stockte.

«Warum sprechen Sie nicht weiter?»

«Weil es so furchtbar ist.»

«Wenn Ihnen das nur eher gekommen wäre! Was hatte sie gegen mich?»

«‹Er hätte dich in die Klapsmühle stecken sollen, bevor du Unheil anrichtest›, sagte sie. ‹Du glaubst doch nicht im Ernst, daß ich mir von dir erst Siegwart wegnehmen lasse und dann auch noch seelenruhig zusehe, wie du ihn um die Ecke bringst, nur weil du von ihm genug hast.› Ich habe wirklich alles versucht, sie davon abzubringen. ‹Zenta, das ist Wahnsinn›, habe ich gesagt. ‹Das kommt raus.› – ‹Das soll es auch›, sagte sie. ‹Es ist alles vorherbestimmt. Ich verhelfe nur der Gerechtigkeit auf die Sprünge. Denn mich wird man nicht verdächtigen, wenn dein Gspinnerten-Doktor hinüber ist, sondern dich. Schließlich warst du in psychiatrischer Behandlung.›

‹Es war ihr Lachen, in erster Linie ihr Lachen, daß ich mich auf sie gestürzt habe. Und dann erst, weil ich die Jacke mit den Schlüsseln wiederhaben mußte.»

Steinberger war kreidebleich.

Laura Daum sah ihn nicht an, sondern konzentrierte sich auf den Bogen Papier. Er unterbrach sie nicht. Es war wieder etwas von dieser künstlichen Theatralik an ihr, die ihm früher nie aufgefallen war. Und diesmal hoffte er, sie würde ihm etwas vorspielen.

«Marie ist tot.» Laura Daum malte ein schwarzes Kreuz in ihren Kreis.

«Zenta Sauer», sie schrieb ihren Namen in einen dritten Kreis, «hat Marie auf dem Gewissen.» Ein dicker Pfeil führte von Zenta Sauer in Richtung Marie. «Schuld», schrieb sie unter die schwarze Linie.

«Dann gibt es noch mich», ein weiterer Kreis entstand, mit ihrem eigenen Namen, «und natürlich Sie.»

Steinberger reichte ihr das Päckchen mit den Stiften.

«Ich nehme Ihnen diese Geschichte mit Zenta Sauer einfach nicht ab. Warum erzählen Sie mir so etwas?»

Laura Daum zuckte mit den Achseln. Er beschloß, diese Frage später noch einmal zu stellen, und wich auf eine andere Frage aus.

«Wie würden Sie Ihre Beziehung zu Siegwart Hofer darstellen?»

«Da gab es Liebe und Haß.» Sie zeichnete eine unterbrochene Linie mit roten und gelben Teilstrecken, die an beiden Enden Pfeile hatten. «Und dann gibt es noch meine Schuld an seinem

Tod.» Eine schwarze Linie entstand, mit Pfeilrichtung Laura Daum zu Siegwart Hofer.

«Und die Beziehung Zenta Sauer – Siegwart Hofer?»

«In der gab es erst Liebe, dann Haß und auch Schuld, im moralischen Sinn.» Es entstand eine durchgehende rote, eine durchgehende gelbe und eine unterbrochene schwarze Linie.

«Die schwarze Linie ist einseitig, die beiden anderen nicht», kommentierte Laura Daum und zeichnete die Pfeile ein.

«Wie sieht dann Ihre Linie zu mir aus, Frau Daum?»

«Da müßte ich alle Farben nehmen, denn in dieser Beziehung war alles enthalten. Meine Linie zu Ihnen sah früher aus wie ein Regenbogen.»

«Und jetzt, wie sähe sie jetzt aus?»

«In diesem Augenblick?»

«Ja.»

«Jetzt wäre sie blau.»

«Blau?»

«Blau steht für Macht. Blau mit Pfeilrichtung von mir zu Ihnen.»

«Das verstehe ich nicht.»

«Das ist auch nicht wichtig», sagte sie, «wichtig ist etwas ganz anderes.»

Sie nahm noch einmal den schwarzen Stift und zeichnete ein Kreuz unter Zenta Sauers Namen.

Dann verband sie deren Kreis mit dem ihren und markierte die Schuldlinie in Richtung Zenta Sauer.

«Ich habe sie heute gegen achtzehn Uhr mit einem Küchenmesser erstochen.»

XXV

Das war zu stark. Steinberger griff zum Telefon.

«Wen rufen Sie an?»

«Die Polizei in Peißenberg. Ich hätte das sofort veranlassen sollen. Vielleicht ist Frau Sauer noch zu retten.»

«Aber Sie haben mir doch versprochen.. »

«Hier geht es um ein Menschenleben. Hoffentlich ist es nicht schon zu spät.» Er wählte die Notrufnummer.

Laura Daum sprang zum Telefon. Er griff schnell nach ihren Händen, als sie versuchte, auf die Gabel zu drücken.

«Halt, es tut mir so leid.»

«Was?»

«Ich habe sie nicht erstochen.»

«Auf einmal?»

Die Verbindung klappte sofort. «Bitte fahren Sie nach Peißenberg, Hauptstraße 14a, zu Sauer. Dort ist möglicherweise eine Schwerverletzte. Es ist dringend.» Dann legte er auf.

«Sie haben Ihren Namen nicht genannt.»

«Und Sie spielen wieder Theater.»

«Warum dann der Notruf, wenn Sie mir nicht glauben?»

«Um sicher zu sein. Wenn es um Leben oder Tod geht, möchte ich nichts versäumen. Wo ist Frau Sauer jetzt?»

«Das weiß ich nicht. Nach unserem Streit hat sie die Wohnung verlassen und mich eingeschlossen.»

«Und Sie...»

«...ich bin über den Balkon abgesprungen.»

«Dann sind Sie in Gefahr. Warum haben Sie das nicht gleich gesagt?»

«Was hätten Sie denn getan?»

«Umgehend Kommissar Hiller angerufen.»

«Sehen Sie, deshalb das Theater, wie Sie es nennen. Ich wollte noch einmal mit Ihnen reden, noch einmal mit mir selber ins klare kommen, noch einmal mit Ihnen zusammensein.»

Sie weinte, mehr und heftiger als zuvor.

Steinberger ging um seinen Schreibtisch herum und nahm sie in die Arme. Noch nie hatte er die Zerrissenheit eines Menschen so stark gespürt. Sie war wirklich krank. Plötzlich wußte er, was er zu tun hatte.

Ihm war alles egal. Seine Prinzipien, seine Standesregeln und was es sonst noch gab. Hier war ein Mensch, der in diesem Augenblick keine Worte brauchte, sondern Kraft, Zuneigung, Wärme, die sich nur von Körper zu Körper und nicht über den Verstand weitergeben ließen.

Er hielt sie fest und bemühte sich, ihrem Zittern seine Ruhe entgegenzusetzen und das rasend schnelle Schlagen ihres Herzens mit seiner Zuversicht zu umgeben. Was hatte sie alles durchlitten in den vergangenen Tagen! Es war einfach unvorstellbar, wie ein so zartes kleines Geschöpf dies ertragen sollte, und das ohne seine Hilfe. Ja, noch viel schlimmer, nicht nur ohne ihn, sondern auch in Angst vor ihm und auf der Flucht.

Minute um Minute standen sie so, schweigend. Was hätte er ihr auch anderes geben können als seine Nähe. Erst wenn sie ihre Angstvisionen wieder von der Realität trennen konnte, wollte er sie loslassen.

Sein Hemd wurde langsam tränenfeucht.

Diese Frau war für ihn mehr als eine Patientin oder der lebende Beweis seiner Theorien. Er wußte das schon länger, hatte aber nie darüber nachgedacht. Sie war weder schön noch gebildet, noch erfolgreich. Und dennoch faszinierte sie ihn. Sie lebte die Emotionen, die er nicht zu leben wagte. Was auch immer in den letzten Tagen geschehen war, er würde sie nicht verlassen.

Langsam löste er seine Arme von ihren Schultern und sprach mit ihr wie mit einem Kind.

«Vertrauen Sie mir?»

«Ja.» Sie lächelte.

«Dann werden wir heute nacht einen neuen Anfang machen.»

«Einen neuen Anfang?» Sie starrte ihn entgeistert an.

«Wir werden versuchen, in einer Klinik Ihre Sicht der Dinge neu zu ordnen und dabei auch Ihre Umgebung mit einzubeziehen, soweit das möglich ist.»

«Nein», schrie sie, «niemals, niemals, das ist schlimmer als der Tod.» Sie drehte sich ruckartig um, taumelte, rannte los und stieß mit dem Kopf heftig gegen den Türpfosten seines Arbeitszimmers. Ihre Schnittverletzung begann erneut zu bluten. Stärker als vorher. Mit wenigen Schritten war Steinberger bei ihr. So starke Gleichgewichtsstörungen paßten nicht in das Krankheitsbild. Ob sie mit Absicht gegen die Tür...? Er verwarf diesen Gedanken. Er nahm sie wieder in den Arm, bis ihr Zittern nachgelassen hatte. «Geht es wieder?»

«Nicht in die Klinik, bitte, versprechen Sie mir das.»

«Nicht, ohne daß Sie das auch wollen.»

«Und was ist jetzt?»

«Jetzt werde ich mich erst einmal um Ihre Schnittverletzung kümmern. Und da Sie in keine Klinik wollen, müssen wir in die Praxis fahren. Ich habe hier nicht das notwendige Besteck. Einverstanden?»

Sie nickte. Er griff zum Telefonhörer.

«Wen rufen Sie jetzt an?»

«Hiller, ich sage ihm Bescheid, daß wir gegen sieben Uhr zu ihm kommen. Vorher möchte ich Ihnen noch etwas zeigen.»

«Aber warum rufen Sie ihn dazu an?»

«Um diese Zeit wird er wahrscheinlich noch im Bett liegen. Ich weiß ja nicht, wann sein Dienst beginnt, und mit jemand anderem möchte ich ungern sprechen.»

«Aber jetzt liegt er doch erst recht noch im Bett. Es ist fünf Uhr morgens.»

«Stimmt, daran habe ich gar nicht gedacht.»

«Außerdem wird er sich nicht darauf einlassen und mich gleich von hier abholen lassen. Ich möchte aber von allein kommen, freiwillig, mit Ihnen. Es ist einfach würdevoller.»

Steinberger war erleichtert. Offensichtlich konnte Laura Daum wieder klar denken. Der Wechsel von panischen Angstzuständen zu relativer Klarheit vollzog sich überraschend schnell. «Ich verstehe. Wir werden ihn von der Praxis aus verständigen. Ist das in Ordnung?»

Laura Daum nickte.

Er kramte aus seiner Schreibtischschublade ein Päckchen Mullauflagen und etwas Leukoplast.

«Ich gebe provisorisch etwas darüber», sagte er, «legen Sie den Kopf zurück. So kann das kurze Zeit bleiben. Und jetzt», er sah auf ihre Füße, «brauchen Sie noch Schuhe. Wenn Sie an die Garderobe gehen und die zweite Tür rechts öffnen, finden Sie eine kleine Auswahl. Probieren Sie mal die Gummistiefel, sie könnten am ehesten passen.»

Laura Daum ging hinaus, und er schloß die Tür hinter ihr. Dann wählte er Hillers Nummer.

«Steinberger hier», sagte er, «ich kann jetzt nicht sprechen. Laura Daum ist bei mir. Ich halte sie für unschuldig. Klären Sie, was mit Zenta Sauer los ist. Sie hat sehr wahrscheinlich Marie vergiftet. Ich komme gegen sieben Uhr mit Frau Daum in Ihr Büro.»

Ohne eine Antwort abzuwarten, legte er auf.

Als er mit Laura Daum vor die Tür trat, war niemand von der Polizei zu sehen. Sein Wagen parkte noch immer am Straßenrand. Er öffnete die Wagentür und ließ sie Platz nehmen. Dann setzte er sich neben sie, startete und fuhr los.

«Wohin fahren wir?» Die Abzweigung nach Richtung Peißenberg lag gerade hinter ihnen.

«Pst, nicht sprechen, Sie müssen sich nicht fürchten.» Steinberger legte beruhigend seine Hand auf ihren Arm. «Es dauert nicht mehr lange, dann sind wir da. Lehnen Sie sich zurück, atmen Sie tief durch, und versuchen Sie von sich abfallen zu lassen, was Sie in dieser Nacht ängstigt und bedrückt. Geben Sie Ihrer Müdigkeit Raum in Ihrem Körper. Lassen Sie die Schwere Ihrer Muskeln zu, und geben Sie sie gemeinsam mit Ihren schweren

Gedanken weiter an den Sitz, auf dem Sie ruhen, die Räder, die Sie fahren, und die Erde, die Sie trägt.»

Er fuhr langsam die Serpentinen des Hohenpeißenbergs hinauf. Die Straße war noch feucht. Es regnete nicht mehr. Er sah zu Laura Daum. Sie hatte die Augen geschlossen. Doch sie schlief nicht. Ihr Atem ging flach und unregelmäßig. Kleine graue Maus, verletzter Vogel, das waren noch immer die Vergleiche, die ihm bei ihr einfielen. Er tastete vorsichtig nach ihrer Hand. Sie war leicht. Laura Daum zuckte zusammen.

«Sie sind nicht entspannt?»

«Wie könnte ich.»

«Wir sind gleich da.»

Steinberger bog nach links in einen Forstweg und parkte dort.

«Kommen Sie, es sind nur wenige Schritte zu Fuß. Geben Sie mir Ihre Hand, und gehen Sie dicht hinter mir. Ich führe Sie.»

Nasse Äste und Zweige von begrenzendem Gesträuch streiften ihr Gesicht, doch der kühle Wind trocknete die Spuren schnell auf der erhitzten Haut. Noch nie war sie so intensiv gegangen, noch nie hatte sie so viel Nähe gespürt inmitten ihrer Einsamkeit.

«Ich sehe nichts», flüsterte sie, als er sie bei den Schultern nahm und ihr bedeutete, stehenzubleiben.

«Nichts?»

«Nichts als Schatten. Ohne Sie würde ich es nicht wagen, einen Schritt weiter zu gehen. Überall könnte ein Abgrund sein.

Ich weiß, daß der Wind dicht am Boden Laub des vergangenen Jahres rauschen läßt, ich spüre ihn an meinen Knien und denke doch, es könnten Stimmen sein von einer fremden Macht. Ich fürchte mich, ich fürchte mich auch noch in Ihrer Nähe. Ich habe Ihre Hand verloren ...»

«Ich bin noch da.»

«Wie lange werden wir noch bleiben?»

«Nicht lange. Sehen Sie nach vorn. In wenigen Minuten geht die Sonne auf, und langsam wird sich die Dunkelheit zurückziehen und dem Licht und der Klarheit Raum schaffen.»

«Für immer?»

«Für zwölf Stunden, aber immer wieder. Das wollte ich Ihnen zeigen, weil ich es so nur schwer beschreiben kann. Nehmen Sie dieses Bild in sich auf, so tief, daß es ganz in Ihnen versinkt, eins wird mit Ihnen und Ihrer Seele. Nur dann wird es Ihnen in schweren Stunden zur Verfügung stehen. Sie müssen es erlebt haben, um zu wissen, daß Sie sich darauf verlassen können. Auf die dunkelste und einsamste und schuldbeladenste Nacht folgt ein neuer Tag. Wichtig ist nur eines.»

«Und was ist das?»

«Sie dürfen nicht die Augen schließen, sonst versinken Sie in der eigenen Dunkelheit. Sie müssen hinsehen, genau und ohne Furcht.»

«Sind Sie sich da ganz sicher?»

«Ja, ganz. Solange die Erde steht, wird nicht aufhören Sommer und Winter, Tag und Nacht. Dies ist eine göttliche Zusage. Mehr Sicherheit gibt es für uns Menschen nicht.»

«Herr Doktor...»

Er legte ihr den Finger auf den Mund.

«Erleben Sie diesen Augenblick bewußt, Frau Daum, es ist soweit. Sehen Sie, die Sonne geht auf. Spüren Sie diesem Wunder mit den Augen, den Ohren, dem Herzen nach, nicht mit Worten. Er ist zu kurz dafür.»

Sie schwiegen.

Langsam drehten sie sich um und gingen zurück in den Tag. Nebel hing tief über dem Tal und ließ Bäume und Sträucher sanft über dem Boden schweben. Noch vor dem ersten Vogelzwitschern war der Frieden des frühen Morgens greifbar und wandelte Begriffe wie Gnade und Versöhnung in Bilder. Auf dem Weg wurden Äste und Steine im weichen Morgenlicht sichtbar.

«Wie geht es Ihnen?»

«Gut, danke.» Laura Daum hatte auch während der Rückfahrt geschwiegen.

«Und die Angst? Ist sie noch da?»

«Ja, aber es ist eine andere Angst.»

Steinberger hielt vor der Tiefgarage an. Er betätigte die Schließanlage.

«Können Sie diese Angst beschreiben?»

«Ich habe Angst vor mir selber.»

Er parkte den Wagen und stieg aus.

«Das hatten wir doch alles schon einmal.» Er öffnete Lauras Tür.

«Diesmal ist es anders, bitte, wir müssen doch nicht in die Praxis. Wir fahren gleich zu Kommissar Hiller. Das kann doch jeder andere Arzt auch nähen.» Sie deutete auf ihre Schläfe.

«Frau Daum, jetzt verstehe ich Sie nicht.»

Er öffnete die Fahrstuhltür. «Bitte kommen Sie endlich.»

«Nein.»

«Stellen Sie meine Geduld nicht unnötig auf die Probe. Sie können dem, was auf Sie zukommt, doch durch solche Mätzchen nicht ausweichen. Ich habe Ihnen versprochen, ich begleite Sie, und Sie können sich darauf verlassen, daß ich damit nicht nur den heutigen Tag meine. Also bitte.»

Er ergriff ihren Arm und zog sie in den Fahrstuhl.

Laura Daum war kreidebleich. Sie lehnte sich an die Kabinenwand.

«Mir ist übel.»

«Wir sind schon da.»

Als der Fahrstuhl hielt, sah er sofort den Lichtschein, der durch die Praxistür fiel. Im Treppenhaus war es auch nach Sonnenaufgang noch düster. Er drückte auf den Knopf der Deckenbeleuchtung. Sie war noch immer defekt.

In der Praxis war es still.

«Wer ist da drin?» flüsterte Laura Daum.

«Ich weiß es nicht.»

«Ich habe Angst.»

«Erinnern Sie sich noch, wie Sie das Haus durch die Garage verlassen können?»

Laura Daum nickte.

«Warten Sie hier, beim Fahrstuhl. Ich gehe erst einmal voraus. Wenn alles in Ordnung ist, rufe ich Sie. Wenn nicht, fahren Sie nach unten und holen Hilfe.»

«Bitte, bitte gehen Sie da nicht rein.»

«Warum denn nicht? Wissen Sie, was mich da drin erwartet?»

«Ja, nein, ich denke, wenn es Zenta Sauer ist?»

Steinberger sah Laura Daum an.

«Ach was, es wird die Zugehfrau sein. Es ist mittlerweile sechs Uhr.»

«Dann gehe ich mit.»

Beim Öffnen der Tür spürte er Widerstand. Er drückte dagegen. Viel Kraft benötigte er nicht, dann gab sie nach. Krachend fiel etwas Schweres zu Boden. Er legte den Arm schützend um Frau Daums Schultern, trat schnell mit ihr in den Flur und ließ die Tür los. Sie fiel geräuschvoll zurück ins Schloß. Fassungslos sah er auf dem Boden eine raumhohe Metallstange und mehrere Holzbretter liegen. Er mußte sie weggedrückt haben.

Instinktiv blickte er nach oben.

Die Flurdecke, sie hing niedriger als sonst. Oder war er nicht mehr bei Verstand? Risse bildeten sich gleich einem Spinnennetz. Tiefer und immer tiefer wurden die Sprünge, Staub rieselte, Putzbrocken lösten sich, zehntelsekundenschnell, und fielen dicht aufeinander zu Boden, bis die Decke brach und beide unter sich begrub.

XXVI

Strohmaier lief unruhig im Foyer auf und ab. Endlich sah er seinen Chef auf der gegenüberliegenden Straßenseite. Er winkte, Hiller hatte ihn entdeckt.

«Wo waren Sie denn so lange, der Vortrag läuft schon eine halbe Stunde. Ich weiß gar nicht, ob wir da jetzt noch so ohne weiteres rein können.»

«Hier ist ja der Teufel los. Ich habe einfach keinen Parkplatz gefunden. Jedesmal, wenn ich irgendwo abgebogen bin, weil ich dachte, in der Seitenstraße ist es besser, hatte ich das Schild Einbahnstraße vor der Nase. Wieviel Besucher hat denn der Kongreß?»

«Über tausend Dauergäste und noch einmal so viele Tagesbesucher. Die Veranstaltungen sind fast alle überfüllt.»

«Warum sind Sie denn nicht reingegangen, wenn Sie schon so lange warten?»

Strohmaier sah Hiller verständnislos an. «Erstens habe ich Ihre Teilnehmerkarte, zweitens waren wir hier verabredet, und drittens hätten Sie den Saal ohne mich gar nicht gefunden. Heute nachmittag laufen zwanzig Parallelveranstaltungen.»

«Ich habe schon größere Geheimnisse gelüftet. Wie sehen Sie eigentlich aus?» Hiller musterte ihn amüsiert.

«Jetzt fangen Sie nicht auch noch an. Bei meiner Freundin darf ich mich damit gar nicht mehr blicken lassen. Dabei habe ich mir das extra für unseren Urlaub gekauft. Es hätte ja sein können, daß wir mal fein essen gehen oder so. Wissen Sie, was sie gesagt hat?»

«Ich kann's mir denken.»

«Schlimmer. ‹Luden-Outfit.›»

Hiller lachte. Es klang schadenfroh. «Und wer hat Ihnen das aufgeschwätzt?»

«Am Marienplatz gibt es einen neuen Laden. Mit tollen Eröffnungsangeboten und einer hinreißenden Inhaberin. Der Laden heißt ‹Sir› und führt den Grundbedarf des kultivierten Herrn. Also genau das Richtige für mich. Schauen Sie mal», er zog ein weißes Taschentuch mit einem roten Monogramm aus der Hosentasche, «das Monogramm hat den gleichen Farbton wie das Futter in meinem Jackett. Das hat Stil.»

Hiller nahm ihm das Taschentuch aus der Hand und entfaltete es.

«Donnerwetter. Für dieses wundervolle Teil haben Sie mindestens 30 Mark hingelegt. Stimmt's?»

«Es hat nur 16 Mark gekostet.»
«Meine Frau kauft die Dinger im Schlußverkauf für 2 Mark.»
«Solche nicht.» Strohmaier riß es ihm aus der Hand. «Das ist mercerisierte Baumwolle. Sie haben eben für solche Feinheiten keinen Sinn.»
«...vor allem kein Geld.» Hiller lachte. «Ich wüßte schon, wo Sie das auftragen können, wenn Sie es daheim nicht mehr anziehen dürfen.»
«Wo?»
«Bei unserem nächsten Betriebsausflug.»
Depp, dachte Strohmaier und sagte: «Mir gefällt's.»
«Gehört der Schirm auch dazu?»
«Das ist Ihrer. Den hat mir Steinbergers Sekretärin, wie heißt sie gleich wieder...»
«Frau Schneider.»
«Richtig, Frau Schneider hat ihn mir in die Hand gedrückt; zusammen mit den Teilnehmerkarten. Der Schirm lag immer noch in Steinbergers Kofferraum.»
«Darum kam er mir so bekannt vor.»
«Das Materialheft mit dem Vortrag hat sie mir auch mitgegeben.»
«Dann können wir ja nächste Woche in aller Ruhe nachlesen, was wir jetzt versäumen. Wo geht's denn entlang?»
«Rechts und dann die Treppe hoch. Vorhin habe ich Steinberger von weitem gesehen. Es sieht zum Erbarmen aus, wenn er sich mit seinem Kopfverband und den beiden Krücken die Treppe hochquält. Und neben ihm wie ein Schatten diese Frau Schneider. Sie hat mir auch erzählt, daß er bis vor einer Woche noch in der Uni-Klinik lag und jetzt sozusagen vom Krankenlager weg wieder voll arbeitet. Deswegen hält sie ihm wahrscheinlich Leute fern, die Fragen stellen – damit er nicht so lange stehen muß –, schleppt ihm selig lächelnd die Tasche und öffnet ihm die Türen.»
«Dabei hatte er wahnsinniges Glück. Wenn wir ihn nicht so

schnell gefunden hätten, liefe er heute überhaupt nicht mehr herum.»

«Wie war das eigentlich genau? Während dieser völlig überflüssigen sechs Wochen in Utting über ‹Organisierte Kriminalität› war ich ja sozusagen aus der Welt.»

«Ich fürchte, Sie werden das in Ihrer Laufbahn noch mehr brauchen als ich. Seit wann sind Sie wieder im Dienst?»

«Genaugenommen seit heute.»

«Dann konnten Sie ja nicht einmal die Akten einsehen?»

«Nein. Das letzte, das ich mitbekommen habe, war der Deckeneinsturz am 14. 5. um sieben Uhr.»

«Stimmt, gegen Mittag, als ich Sie dringend gebraucht hätte, waren Sie schon zu Hause beim Packen. Also, in aller Kürze: Als wir Zenta Sauers Leiche gefunden hatten, habe ich sofort eine Streife in Steinbergers Wohnung geschickt. Nachdem die Kollegen ihn dort nicht antrafen, haben sie seine Praxis überprüft. Ja, und da lagen die beiden, unter einer Schuttschicht begraben.»

«Und Laura Daum, hat sie schon gesagt, wie sie das zuwege gebracht hat?»

«Sie hat noch nicht einmal gestanden, daß sie es getan hat. Aber wir können es nachweisen. Das weiß sie nur noch nicht.»

«Den Mord an Zenta Sauer auch?»

«Den ganz besonders gut. Sie hat überhaupt keine Spuren beseitigt. Zu diesem Zeitpunkt war ihr das eigene Leben schon völlig egal.»

«Und wie bringt man eine Decke zu einem bestimmten Zeitpunkt zum Einsturz, ohne Explosion?»

«Sie hat einfach die Drahtseilverspannung im Dachstuhl gelöst. Es war eine alte Stuckdecke, die bei der Hausrenovierung erhalten werden sollte. Und weil sie im obersten Stock lag, konnte man sie mit Drahtseilen sichern, die im darüberliegenden Gebälk verankert waren. Eine hängende Decke.»

«Ja, aber dann hätte der ganze Salat doch gleich runterkommen müssen.»

«Nein, die Decke wurde so ja nur stabilisiert. Dadurch, daß Frau Daum die Gewinde mehrere Stunden vor dem Einsturz gelöst hat, konnte sich die Decke ganz langsam senken.»

«Ach so, und die Schalungsstütze hinter der Tür war sozusagen der seidene Faden.»

Strohmaier sah beeindruckt zur Treppenhausdecke. «Auf so etwas wäre ich nie gekommen.»

«Sie sind auch kein Bauingenieur.»

«Braucht man dazu Kraft?»

«Nein, nur eine passende Flachzange. Die Schalungsstütze war auch nicht besonders schwer und wurde durch zwei gegenläufige Gewinde fixiert.»

«Meinen Sie, das war so geplant?»

«Das wollen wir ihr nachweisen.»

«Und warum ist sie dann mit in die Praxis gegangen? Sie hätte unter einem Vorwand draußen warten können oder einfach davonrennen, sie wußte ja, was gleich passieren würde.»

«So etwas Ähnliches habe ich Steinberger bei meinem Besuch in der Klinik auch gefragt. Er meinte, daß sie zu diesem Zeitpunkt wohl schon mit dem Leben abgeschlossen hatte. Er habe leider auch den Fehler gemacht, daß er ihr zur Klärung ihrer Situation dringend zu einer Fachklinik geraten habe. Spätestens da muß für sie klargewesen sein, daß sie in seinen Augen den Patientenstatus nie verlieren würde. Ich vermute, sie wollte mit ihm sterben.»

«Ein Mord und ein Selbstmord. Eine richtige Tragödie.»

«Steinberger hat das ganz treffend formuliert: Nachdem sie sein Leben nicht mit ihm teilen durfte, wollte sie etwas noch viel Größeres. Sie wollte mit ihm in den Tod. Gemeinsamkeit um jeden Preis.»

«Hat sie schon eine Aussage gemacht?»

«Sie spricht nach wie vor kein Wort.»

«Was macht sie denn den ganzen Tag in ihrer Zelle? Schreibt sie?»

«Nein. Sie sitzt an ihrem Tisch und baut Kartenhäuser. Riesige, unglaublich fragile Gebilde, um anschließend dagegenzublasen und sie zum Einsturz zu bringen. Dabei murmelt sie immer wieder: ‹Es ist alles vorbestimmt, es ist alles vorbestimmt.›»

«Das klingt verrückt.»

«Meiner Meinung nach ist sie das.»

«Ich weiß nicht, ich bin mir da nicht sicher. Irgendwie beeindruckt mich diese Frau. Wer so etwas plant und durchzieht, ist nicht dumm. Das mit der Decke, das mußte sie doch berechnen.»

«Solche Leute sind selten dumm. Im Gegenteil. Es ist eine besondere Art von Genialität. Eben nur fehlgeleitet. Der Gerichtspsychiater hält sie übrigens für haft- und schuldfähig.»

«Mit dem hat sie gesprochen?»

«Ja, und mit Steinberger würde sie es auch tun.»

«Aber er war noch nicht bei ihr?»

«Bis vor einer Woche lag er ja selber noch im Krankenhaus. Aber mittlerweile hat er ein offizielles Gesuch für eine generelle Besuchserlaubnis eingereicht. Die Genehmigung dauert immer etwas, aber das gibt sicher keine Probleme. Er wird zu keinem anderen Ergebnis kommen wie unser Psychiater, denke ich.»

«Wir sind da.»

Strohmaier deutete auf eine geschlossene Doppeltür.

Sie konnten noch eintreten. Der Raum lag im Halbdunkel. Hiller sah in beide Richtungen, ein freier Sitzplatz war leider nicht zu entdecken. So blieben sie neben der Tür stehen. Das Auditorium war zur Bühne hin abgesenkt und dadurch von oben gut zu übersehen.

Steinberger saß vor einem beleuchteten Lesepult, hinter ihm war das Cluster, das er in jener verhängnisvollen Nacht mit Laura Daum angefertigt hatte, an die Wand projiziert.

Die Methode hatte Hiller überzeugt. Vielleicht würde er sich ihrer auch einmal bedienen, wenn ihm etwas unklar war.

«Meine Damen und Herren»,

Steinberger, trotz seines Handikaps ganz Gentleman, strich sich das Haar aus dem Gesicht, legte sein Manuskript zur Seite und sprach mit gesenkter Stimme ins Publikum. «Nichts würde ich jetzt lieber tun, als Ihnen aufzuzeigen: Hier sind Diagnose, Heilungsaussichten, Genesungsverlauf, Langzeiterfolg.

Nur geht das in unserem Handwerk nicht, und deshalb werden unsere Ergebnisse immer angreifbar bleiben. Es gibt keine objektiven Kriterien. Im Grunde können nur die Betroffenen selber gültige Aussagen über ihre Befindlichkeit machen.

Es sind Gratwanderungen, die wir mit unseren Patienten unternehmen, und wenn wir da nicht gut und sicher führen, stürzen wir ab, Arzt, Patient oder auch beide.

Im Falle der Patientin X, den ich Ihnen heute vorgestellt habe, führte die Kombination von Schreib- und Gesprächstherapie zum Erfolg bei der Bewältigung ihrer neurotischen Ängste, nicht nur im sexuellen Bereich. Sie wurde selbstsicher, lebenstüchtig, initiativ. In diesem Sinne war sie geheilt. Einen sensiblen Punkt gab es allerdings noch. Ich habe Ihnen das vorhin schon an einigen Beispielen dargelegt. Ihre Frustrationsgrenze war in Teilbereichen, zum Beispiel bei Zurückweisungen, unterdurchschnittlich. Ich war mir sicher, sie würde das kompensieren können. Daß sie es allerdings auf diese Weise tat, hat mich überrascht.

Dennoch, theoretisch hätte diese Möglichkeit bestanden; kriminelle Handlungen verleihen kurzfristig relativ viel Macht.

Sie war also im eigentlichen Sinne geheilt und trotzdem dem Leben nicht gewachsen.

Mit gesund oder krank hat das nichts zu tun, sondern mit gut oder böse im Sinne unseres moralischen Wertesystems. Gegen Charakterschwäche gibt es keine Therapie.

Gab es nun für die Patientin X nur die Alternativen krank oder kriminell?

Entschieden nein.

Denn aus unserer Selbstverantwortung werden wir nie entlassen, nicht in und nicht nach einer Therpie. Nicht als Patient, ich rede hier von im psychiatrischen und juristischen Sinne zurechnungsfähigen Patienten, und erst recht nicht als Arzt.

In diesem Sinne frage auch ich mich, ob ich früher hätte spüren müssen, daß es hier letztlich um Macht ging, in diesem Zusammenhang um eine Spielart des Größenwahns.

Um Macht über die Zuneigung eines anderen, die erst mit allen Mitteln errungen werden mußte, und dann, wenn sie gewonnen worden war, folgerichtig zerstört wurde. Denn sie erfüllt nicht die große Sehnsucht, die dahinter steht: geliebt werden, ohne Wenn und Aber.

Die Heilungsmethoden der Psychoanalyse sind beschränkt, Sie alle haben die Erfahrung gemacht und standen schon einmal hilflos an deren Grenzen. Denn wenn wir Glück haben, können wir auf den Grund der Seele blicken, nie aber ins Innerste der Herzen.

Doch nur dort hätte der Patientin X wirksam geholfen werden können.

‹Der Größenwahn›, so schreibt Sigmund Freud, ‹wird durch keinen anderen Einfluß so intensiv unterdrückt wie durch eine das Individuum mächtig ergreifende Verliebtheit. – Denn wo die Liebe erwacht, stirbt das Ich, der finstere Despot.›

Ich lese Ihnen, damit Sie sich ihr eigenes Urteil bilden können, zum Abschluß ein Gedicht vor, das die Patientin im letzten Viertel ihrer Therapie verfaßt hat. Machen Sie nicht den gleichen Fehler wie ich, lassen Sie sich durch die reichen Bilder nicht blenden.

Meine Antwort auf die Frage, die Sie mir sicher stellen werden, möchte ich gleich vorwegnehmen, um der Patientin das letzte Wort zu lassen:

Ja, ich hätte es merken können.

Ich hätte es merken müssen.

Ob es den Lauf der Dinge geändert hätte – ich weiß es nicht.

XXVII

Für Dr. Steinberger

Nachts,
wenn nichts als Schweigen uns umgibt,
klopfe ich unvermutet
an Ihre Seele.

Ich bin's,
flüstere ich,
nicht erschrecken.
Kennen Sie mich?
Und
seien Sie auf der Hut,
ich bin noch da.

Auch wenn ich mich nicht mehr vor Ihnen verbergen muß,
weil ich jetzt lachend meine Schwermut vergesse,
laufend meine lahmen Beine Lügen strafe
und denke, es wäre die Liebe,
wenn mir leicht ist am Morgen,
selbst nach einem schweren Traum.

Auch dann
seien Sie auf der Hut.
Solange ich ohne Kehlkopf singe, weil Sie mir
immer wieder sagen: es geht,
versuch's,
nimm deine Kraft zusammen.
Solange ich keine Krücken mehr brauche
für meine kleinen Schritte,
auch wenn sie nur aus Worten sind,
so lange

seien Sie auf der Hut,
ich bitte Sie.

Hinter wuchernden Hecken werde ich mich verstecken,
echsengleich harren,
ins Leere starren,
mich unter Felsen graben
und gleich Raben
in knorrigen Baumkronen sitzen.

Ins Mauerwerk kleine Scharten ritzen.
Für jeden Tag,
jede Woche,
das Jahr,
und für Ihr Vergessen.
Ich bin noch da.

Nachts,
wenn nichts als Schweigen uns umgibt
und Ihr Gott anderweitig beschäftigt ist,
unvermutet,
klopfe ich an Ihre Seele.

Komm,
werde ich flüstern,
fliegenfängersirupsüß,
es gibt kein Entrinnen,
es gibt nur den Tod.»

Steinberger löschte das Licht an seinem Rednerpult.

«Meine Damen und Herren», sagte er, indem er das Manuskript zusammenfaltete und in die Innenseite seines Jacketts schob, «ich danke Ihnen für Ihre Aufmerksamkeit.»

Postskriptum

Es gibt eine nicht unbeträchtliche Anzahl von Lesern, die meinen, das einzig Genießbare an der vorangegangenen Geschichte wären die Konditoreikompositionen von Marie Maier.

Glücklicherweise wurden diese Rezepte auf dem PC in der Nachbarschaftshilfe geschrieben, so daß sie Elisabeth Steinberger retten konnte.

Auf ausdrücklichen Wunsch von Dr. Franz Steinberger, der sich durch die ständigen Anrufe in seiner Praxis mit der Bitte um eine Rezeptabschrift, besonders für den Rotweinkuchen, gestört fühlt, geben wir nachfolgend die drei überlieferten Backanleitungen wieder.

Yin und Yang
Aus 300 g Mehl
150 g Zucker
100 g Puderzucker
1 Ei
einen Mürbeteig herstellen und im Kühlschrank zwei Stunden ruhen lassen.
Auswellen, runde Taler ausstechen und bei mittlerer Hitze hellgelb backen.
Abkühlen lassen.
300 g Marzipanrohmasse mit 100 g Puderzucker verkneten, den Teig auf Puderzucker messerrückendick auswellen und ebenfalls Taler in der gleichen Größe ausstechen.
Bittere Orangenkonfitüre durch ein feines Sieb pressen, erhitzen, auf die Mürbeteigtaler streichen und mit dem Marzipantaler bedecken.
Eine Hälfte des Gebäcks mit heller, die andere Hälfte mit dunk-

ler Kuvertüre überziehen und vollständig erkalten lassen. Dann mit der entsprechenden Kontrastkuvertüre auf den Taler das Symbol für Yin und Yang spritzen.

Joghurt-Kiwi-Torte

Aus 150 g Mehl
100 g Butter
50 g Zucker
1 Ei
1 Prise Salz
einen Mürbeteig herstellen, im Kühlschrank ruhen lassen, auswellen und auf einem gut gefetteten Blech 15 Minuten goldgelb backen.
Vom Blech nehmen, auskühlen lassen.

Für den *Nußbiskuit* braucht man:
3 Eier
70 g Zucker
60 g Mehl
30 g Speisestärke
75 g gemahlene Haselnußkerne
½ Teelöffel Backpulver
Eigelb, Zucker und Wasser weißschaumig rühren. Das gesiebte Mehl, Backpulver und Speisestärke unterheben, ebenfalls das steifgeschlagene Eiweiß und die leicht angerösteten Haselnüsse. Die Masse auf ein mit Backpapier ausgelegtes Backblech streichen und 20 Minuten bei mittlerer Hitze goldgelb backen. Danach den Biskuit auf ein mit Zucker bestreutes Küchentuch stürzen und das Backpapier vorsichtig abziehen.
Die Mürbeteigplatte hauchdünn mit heißer Orangenmarmelade oder Johannisbeergelee bestreichen und die Biskuitplatte daraufsetzen.
Um die beiden Platten mit Alufolie einen hohen festen Rand formen.

Für die *Joghurtcreme:*
500 g Joghurt
Saft von einer Zitrone
150 g Zucker
9 Blatt oder 1 ½ Päckchen Gelatine
¼ l Schlagrahm
Joghurt, Zucker und Zitronensaft miteinander verrühren. Die Gelatine nach Anweisung vorbereiten und mit der steifgeschlagenen Sahne unterheben. Auf den Kuchenboden streichen und im Kühlschrank fest werden lassen.

10 Kiwis
Minzeblätter
1 Schuß Pfefferminzsirup
heller Tortenguß
Den Kuchen mit dünnen Kiwischeiben und Minzeblättern dekorieren und mit hellem Tortenguß überziehen, dem ein Schuß Pfefferminzsirup beigegeben wurde.

Rotweinkuchen (Ohne Bromat!)
250 g Butter
225 g Zucker
250 g Mehl
4 Eier
1 Päckchen Backpulver
1 Päckchen Vanillinzucker
¼ Teelöffel Zimt
200 g flüssige dunkle Markenschokolade
⅛ l sehr guten Rotwein, am besten roter Frankenwein oder Burgunder
Für die Glasur:
200 g Puderzucker, 1–2 Eßlöffel Rotwein, wie oben;
50 g geriebene dunkle Markenschokolade
Butter, Zucker, Eigelb und Gewürze schaumig schlagen. Das mit Backpulver gemischte Mehl und den Rotwein zugeben. Zum

Schluß die flüssige Schokolade und danach den steifgeschlagenen Eischnee unterheben. In eine gefettete Kuchenform geben und bei Mittelhitze 50–65 Minuten backen. Den warmen Kuchen stürzen und mit einer Glasur aus Zuckerguß und Rotwein überziehen. Mit den restlichen Schokoraspeln bestreuen.

(Frau Irmgard Klein und Frau Monika Madl herzlichen Dank für ihre Backtips)

WUNDERLICH TASCHENBUCH

Das nächste, bitte!

6177-4 26139-1 26169-3

Bestseller zu attraktiven Preisen.

Jeden Monat neu als Wunderlich Taschenbuch.

Wir wünschen gute Unterhaltung!

WUNDERLICH TASCHENBUCH

Bestseller zu attraktiven Preisen.
eden Monat neu als Wunderlich Taschenbuch.

Vir wünschen gute Unterhaltung!

5068/1